# LINA
## ET LA FORÊT DES SORTILÈGES

# SERGE BRUSSOLO

# LINA
## ET LA FORÊT DES SORTILÈGES

Tome 2
Le chemin maléfique

Michel Lafon

Déjà paru :

Tome 1 : *La tombola des démons*

*Tous droits de traduction, d'adaptation
et de reproduction réservés pour tous pays.*

© Éditions Michel Lafon, 2013
7-13, boulevard Paul-Émile-Victor – Île de la Jatte
92521 Neuilly-sur-Seine Cedex

www.lire-en-serie.com

# Résumé du tome 1

Lina, jeune infirmière, est affectée à l'Orphelinat des amis imaginaires, ces êtres nés de l'imagination des enfants. Elle apprend à cette occasion que les amis imaginaires sont en fait des mutants que leurs petits créateurs ont abandonnés, tels des jouets qu'on dédaigne parce qu'on a grandi.

Mais les compagnons imaginaires sont doués de pouvoirs spéciaux ! Des pouvoirs qui font peur et à cause desquels on les tient enfermés dans cet « orphelinat » qui est en réalité une prison.

Révoltée par cette situation, Lina (qui entre-temps s'est liée d'amitié avec Kanzo, un kangourou jaune, et Toddy, un ours-garou) va organiser l'évasion des prisonniers.

Hélas, à peine sont-ils dehors que les voilà pris en chasse par une horde de traqueurs robotisés. Afin de leur échapper, Lina, Toddy et Kanzo trouvent refuge dans la forêt des Sortilèges, un lieu de haute magie où tout devient possible. Mal leur en prend, car ils tombent sous le joug du peuple singe qui a entrepris de réduire les humains en esclavage. Après bien des aventures, nos trois amis reprennent leur déambulation en essayant de déjouer les pièges que leur tend la forêt.

# Journal intime de Lina

# Le vent sorcier

J'étais fatiguée et je mourais de faim. Voilà deux semaines que nous traînions la savate au milieu de terres caillouteuses où ne poussait pas le moindre brin d'herbe, ceci afin d'échapper à la vengeance du seigneur de la Forêt. Toddy m'avait en effet expliqué que les pouvoirs de ce sinistre personnage ne pouvaient s'exercer dans les endroits dépourvus de végétation, car il avait besoin de la sève des plantes pour transmettre sa magie.

Le subterfuge avait fonctionné, mais nous avions eu le plus grand mal à nous nourrir puisque les cailloux, même cuits pendant des heures, restent durs sous la dent.

Aujourd'hui, il nous fallait absolument dénicher de quoi manger car nos jambes ne nous portaient plus.

Par ailleurs, dès que nous avions quitté la zone désertique, nous avions été accueillis par de gros champignons-dénonciateurs à qui l'on avait donné pour mission d'espionner nos allées et venues. Ils s'étaient mis à brailler :

– Elle est là ! Elle est là ! Lina la traîtresse ! Vite, vite, venez la capturer !

Toddy et Kanzo s'étaient empressés de les piétiner pour les faire taire.

– C'est l'ennui avec les champignons, avait grogné le kangourou : étant donné qu'il en pousse partout, ils font d'excellents espions. On ne les remarque pas et, comme ils s'ennuient, ils passent leur temps à scruter les alentours.

Cette mauvaise surprise m'avait troublée et j'en avais conçu un pénible pressentiment dont je n'arrivais plus à me défaire.

À la suite de notre séjour dans la ville des singes, certains changements s'étaient opérés en nous. Mes cornes avaient disparu, ainsi que les noirs instincts qui m'avaient un moment agitée et avaient fait de moi une apprentie démone. Toddy, lui, éprouvait de plus en plus de difficulté à se changer en ours. Les métamorphoses lui étaient pénibles et le laissaient épuisé, aussi ne s'y livrait-il qu'en cas de force majeure. Souvent, même, il échouait à se transformer entièrement et ne parvenait qu'à se recouvrir de poils, ce qui était hideux !

Seul Kanzo demeurait fidèle à lui-même, toujours vaillant et d'un incurable optimisme.

C'est donc l'estomac tiraillé par les crampes que nous avons traversé la lande.

Au bout, barrant l'horizon, s'étirait une ligne d'arbres au feuillage si épais qu'il laissait à peine filtrer la lumière du jour.

– Nom d'un boomerang ! a grogné Kanzo. Il doit faire à moitié nuit sous ces branches. Voilà une forêt où l'on ne peut guère envisager de se déplacer sans lampe de poche.

J'ai froncé les sourcils. Il avait raison, l'effet produit était inquiétant et l'on avait l'impression qu'au lever du jour, les ténèbres s'étaient retirées là, comme au fond d'un terrier, afin d'y attendre le moment où elles pourraient de nouveau repartir à l'assaut du monde.

– Je n'aime pas ça, a grommelé Toddy. Mon instinct me souffle qu'il n'y a pas le moindre animal dans cette forêt. Pas un renard, pas la plus petite belette… Généralement, quand les bêtes désertent un lieu, c'est qu'il y a du danger.

Nous nous sommes arrêtés au milieu des hautes herbes, hésitants.

Sans doute trouverions-nous des fruits, des légumes sauvages à l'ombre du sous-bois ? Je m'imaginais déjà préparant une soupe au potiron… Je ne sais pourquoi, du reste, car je n'avais jamais préparé de soupe au potiron de toute ma vie et je n'avais aucune idée sur la manière de s'y prendre ! La faim me faisait probablement délirer.

– Allez, a soupiré Toddy, il faut se décider.
– Attendez, a soufflé le kangourou, regardez ! Tous les animaux qui vivaient jadis sous ces arbres se sont réfugiés sur la lande… Ça confirme ce que je disais : l'obscurité qui règne sous le feuillage n'est pas naturelle.

J'ai parcouru la plaine du regard. Il ne m'a pas fallu longtemps pour repérer une foule de bestioles à plume et à poil qui gambadaient dans l'herbe d'un air désemparé, comme si le fait d'avoir dû déménager les avait privées de leurs repères habituels.

– Ton flair ne te trompe pas, l'ami ! a tout à coup lancé une voix inconnue dans notre dos. En ce qui me concerne, c'est miracle si j'ai pu en réchapper.

Pivotant sur mes talons, j'ai vu émerger d'un bosquet un garçon vêtu de loques et couvert de pansements sanglants.

– Salut, a-t-il lancé, on m'appelle Richard la Voix d'or, je suis troubadour. Je vous déconseille de m'imiter. Il y a une semaine, avec mes compagnons, nous avons cru bon de chercher refuge sous les arbres, car nous étions poursuivis par les soldats d'un seigneur voisin qui nous accusait de nous être montrés insolents… Bref, nous avons commis l'erreur de nous enfoncer sous le couvert, dans cette nuit épaisse, en imaginant qu'elle nous dissimulerait à nos ennemis.

Il s'est interrompu pour frissonner. Il semblait mal en point.

– Je suis l'unique survivant de la troupe, a-t-il murmuré. Nous sommes tombés dans un piège.

– Quel genre de piège ? ai-je demandé.

Richard a levé la main pour désigner les arbres qui s'étiraient sans fin d'un bout à l'autre de l'horizon.

– Vous voyez ces feuillages ? a-t-il gémi. Ils ne laissent pas passer la lumière, et même la pluie la plus drue ne peut les traverser.

– C'est vrai qu'ils sont épais, a admis Toddy en se grattant le menton.

– Épais ? Tu veux rire ? a hoqueté le troubadour. Ils sont impénétrables ! Impossible de voir ce qui s'y cache. On entend seulement des bruits, des frôlements, des chuchotis. On devine qu'une foule de créatures vivent sur ces branches, mais on ne les voit jamais. On ignore même à quoi elles ressemblent.

– Sans doute des oiseaux, non ? a risqué Kanzo.

– *Des oiseaux ?* a glapi Richard. Tu te moques de moi ? Les oiseaux eux-mêmes évitent aujourd'hui de survoler la forêt, car ceux qui se cachent au cœur du feuillage les attrapaient pour les manger.

– Des hommes alors ? a proposé Toddy.

– Non, pas des hommes. Des… *choses* qui ne dorment jamais et surveillent sans cesse. Personne n'a jamais pu les apercevoir. Elles vivent depuis toujours au sommet des arbres, au cœur des frondaisons, elles nous épient par les interstices du feuillage.

– Et quel est leur rôle ? me suis-je enquise, la gorge nouée.

– Ce sont des Guetteurs, des gardes-frontière, si tu préfères. Ils sont là pour interdire l'accès de la forêt à ceux dont la tête ne leur revient pas. Ils détestent les humains. Quand ils en repèrent un, ils lui décochent des flèches empoisonnées au moyen d'un élixir magique qui le transforme en animal.

J'ai fait la grimace. Richard semblait avoir la fièvre. Peut-être délirait-il ?

— Mes compagnons et moi avions réellement besoin d'échapper aux soldats, a soupiré le troubadour, alors nous avons pensé nous en sortir au moyen d'une ruse. Nous... nous nous sommes dissimulés sous des peaux de mouton avant d'entrer dans la forêt, en bêlant.

— Quoi ?

— Nous pensions qu'à cause de l'obscurité, les Guetteurs ne feraient pas la différence. C'était une erreur. Ils ont commencé à nous décocher des flèches. Des flèches-lapins, des flèches-renards...

— Eh ! a protesté Toddy, qu'est-ce que tu racontes ?

Richard a esquissé un geste de lassitude. Je pouvais désormais sentir sa fièvre sans même le toucher. Elle irradiait comme la chaleur d'un radiateur.

— C'est pourtant simple, a-t-il chuchoté. Les flèches-lapins te transforment en lapin, les flèches-renards, en renard... Comme ça, après la métamorphose, les anciens amis se dévorent entre eux. Les Guetteurs trouvent ça amusant. Comme vous vous en doutez, j'ai été touché... j'ignore encore en quoi je vais me transformer. Mes compagnons se sont déjà changés en lapins et en renards... et les seconds ont commencé à poursuivre les premiers. J'ai grand-peur que ça finisse mal. Je ne sais si je deviendrai prédateur ou victime... et ça m'inquiète beaucoup, je l'avoue.

Il suait à grosses gouttes ; j'ai eu pitié de lui mais il m'était impossible de lui venir en aide.

— Donc, a souligné Toddy toujours efficace, le truc des peaux de mouton n'a pas fonctionné...

— Non, a répliqué Richard. Le kangourou pourra passer, puisqu'il n'est pas humain, mais ni toi ni la fille n'irez bien loin.

Bien sûr, Toddy n'était pas plus humain que Kanzo, mais le pauvre troubadour ne pouvait le deviner comme il avait devant lui un garçon blond, vêtu d'un costume de tweed démodé et d'un nœud papillon bleu.

— *Donc, ils ne tirent pas sur les animaux*, a souligné Toddy.

— Non, mais ça n'empêche pas que les bêtes ont peur des Guetteurs et se réfugient sur la lande. Si vous voulez tout de même tenter l'aventure, je vous conseille d'utiliser de la peau de sanglier. C'est ce que nous aurions dû faire. La peau de sanglier est imperméable aux flèches[1]. Même si les Guetteurs éventent la supercherie, leurs projectiles ne pourront vous blesser.

Il s'est interrompu pour éponger d'un revers de manche la sueur qui ruisselait sur son visage.

Il s'est lentement éloigné de nous en titubant.

— Je vous ai prévenus, a-t-il bredouillé d'une voix mourante. À vous de réfléchir... Je sens la métamor-

---

1. Les soldats l'utilisaient comme cuirasse au Moyen Âge.

phose venir. Excusez-moi, mais je vais de ce pas me cacher au fond d'un trou, au cas où je me changerais en lapin. Je vous souhaite bonne chance car vous allez emprunter un chemin maléfique que personne, jusqu'ici, n'est parvenu à suivre jusqu'au bout.

J'ai voulu lui crier de rester avec nous, mais il s'est enfui dans les hautes herbes et, très vite, il a disparu de notre champ de vision.
 — Nom d'un boomerang ! a soufflé Kanzo. Dévorer ou être dévoré, quelle triste perspective !

J'ai laissé mon regard courir sur la prairie, sur toutes ces têtes animales qui surgissaient çà et là des bosquets ; ces créatures étaient-elles d'anciens humains ? J'en ai eu la chair de poule, surtout quand le museau effilé d'un renard a creusé un chemin furtif dans l'herbe, à la poursuite d'une proie.
 — Que fait-on ? a lancé Toddy. Impossible de revenir en arrière et il est inenvisageable de rester ici, sinon, tôt ou tard, nous serions forcés de chasser, nous aussi... et de manger ces lapins qui étaient encore des hommes il y a peu de temps.
 — Pas question ! ai-je protesté avec dégoût.
 — D'accord, a fait le garçon au nœud papillon, alors je ne vois qu'une solution. Je vais me transformer en garou. Je me déplacerai à quatre pattes et toi, Lina, tu feras de même, *mais sous mon ventre*. De cette façon, les Guetteurs perchés au sommet des arbres n'aperce-

vront que mon dos. Ils ne se douteront pas que tu te caches entre mes pattes. Il faudra toutefois avancer au même rythme… et que tu évites de laisser dépasser tes mains ou tes pieds.

Présenté de cette manière, ça semblait facile, mais je me méfiais, car je sais par expérience que les choses ne se déroulent jamais comme on l'a prévu.

À l'abri d'un bosquet, j'ai laissé Toddy se changer en ours, puis nous avons procédé à des essais. J'avoue que je n'appréciais guère de me frotter à sa fourrure qui sentait le suint[1]. Par ailleurs, quand il remuait la tête, il m'expédiait des gouttes de bave dans la figure, bref, ce n'était pas follement romantique.

J'ai eu du mal à caler le rythme de mes déplacements sur le sien. Nous étions désynchronisés. S'il m'écrasait la main, je ne pourrais m'empêcher de pousser un hurlement, car il pesait son poids.

— Bon, s'est impatienté Kanzo. On y va ? Vous êtes prêts ? Essayez d'avancer comme s'il s'agissait d'une parade militaire, en marchant au pas. Une… deux… une… deux…

Facile à dire ! La masse de l'ours m'écrasait presque sur le sol et je rampais plus que je ne marchais.

Lentement, nous avons gagné la lisière de la forêt. Les ténèbres régnaient sous le feuillage. Impossible de deviner où l'on posait le pied.

---

1. Graisse animale.

– Attention, a soufflé le kangourou, voici le moment d'entrer en scène.

Toddy a poussé un grognement d'ours qui a résonné dans ma tête. Quand il était dans cet état, j'avais toujours peur qu'il finisse par oublier qui j'étais. Cela s'était déjà produit et je ne tenais pas à revivre cette épreuve.

J'ai retenu mon souffle quand l'obscurité s'est refermée sur nous. À présent, nous avancions à pas lents entre les arbres. En tant qu'humaine je n'y voyais rien, mais ce n'était pas le cas de l'ours et du kangourou qui, comme la plupart des animaux, sont dotés d'une vision nocturne très performante.

Tout à coup, la canopée[1] s'est emplie de chuchotements qui ne sortaient pas de gosiers humains. Une foule invisible se bousculait à l'abri des feuilles, courant de branche en branche pour nous examiner.

– Nom d'un boomerang ! a soufflé Kanzo. Ils sont sacrément nombreux. Une véritable armée. Je vois luire leurs yeux. J'ignore de quoi ils discutent… De toute évidence, ils se méfient de nous. J'espère qu'ils n'ont pas repéré ton odeur, Lina.

La sueur me dégoulinait dans les yeux tandis que je m'écorchais bras et genoux à essayer de suivre l'ours dans ses évolutions. Il avait tendance à m'apla-

---

1. Voûte formée par les feuilles des arbres et qui finit par constituer une sorte de toit.

tir, ce qui cassait le rythme de notre numéro. À deux reprises, il a failli m'écraser une main que j'ai retirée de justesse.

Au-dessus de nous, le murmure s'amplifiait. Les Guetteurs débattaient avec ardeur de notre véritable nature. Kanzo avait vu juste, mon odeur d'humaine avait éveillé leurs soupçons.

– Il y a peut-être un truc, a chuchoté le kangourou. Ni Toddy ni moi ne sommes de véritables animaux… Il y a de l'humain en nous puisque nous avons été fabriqués par des enfants. Les Guetteurs l'ont flairé. Ils ne savent quel parti choisir. Espérons que nous serons sortis de la zone obscure avant qu'ils aient pris une décision.

Comme vous vous en doutez, nous n'avons pas eu cette chance. Toddy a fini par m'écraser la main droite et je n'ai pu retenir un cri de douleur. C'était suffisant pour donner l'alerte. Des flèches ont commencé à siffler du haut des arbres, et Kanzo est venu me rejoindre dans ma cachette. Les projectiles se sont plantés dans le dos de l'ours, lui arrachant un grondement de rage, sans qu'il cesse pour autant d'avancer.

– Ne crains rien ! m'a crié Kanzo. Le poison-renard et le poison-lapin seront sans effet sur un grizzly. Il faudrait vraiment qu'on lui en injecte un plein camion-citerne pour que Toddy se métamorphose en lièvre. Il n'en va pas de même pour toi… ou pour moi !

Il n'y avait pas grand-chose à faire sinon serrer les dents et suivre les mouvements de l'ours. Chaque fois qu'une nouvelle flèche se plantait dans son dos, il rugissait et je me sentais un peu plus coupable. J'avais peur surtout que la colère ne finisse par l'aveugler et que, se dressant sur ses pattes postérieures, il s'attaque aux arbres avec l'espoir d'en déloger les curieux habitants. Parfois, quand la rage et la douleur le dominaient, l'ours n'était plus capable d'agir avec raison.

Au bout d'une éternité de tâtonnements, de cris et de terreur, nous avons entraperçu une lueur devant nous. La forêt nocturne débouchait sur une vaste plaine dont l'herbe, trop verte, paraissait artificielle.

La lumière du jour nous a enfin aveuglés ; nous étions sortis du sous-bois. L'ours s'est immobilisé, la langue pendante, le dos transformé en pelote d'épingles.

— Il faut lui enlever ça avant que le poison ne se répande dans ses veines ! ai-je hurlé en joignant le geste à la parole.

Kanzo m'a imitée. Heureusement, le grizzly avait le cuir épais et les flèches n'avaient pu pénétrer ses muscles profondément. Malgré cela, il dodelinait du museau comme s'il était malade.

Une fois débarrassé du dernier projectile, il s'est assis lourdement sur le sol en gémissant et a fermé les yeux.

— Que fait-il ? ai-je demandé à Kanzo.

— Je crois qu'il combat les effets du poison, a murmuré celui-ci. Visiblement, c'est plus grave que je le croyais.

— Il va se changer en lapin ?

— Ne parle pas de malheur ! Tu crois qu'un lapin-garou ferait un bon garde du corps ?

Je n'avais pas envie de plaisanter. Inquiète, je scrutais les traits de l'ours. Par instants sa fourrure bouillonnait comme si des mouvements bizarres se produisaient au-dessous. J'ai cru, durant une dizaine de secondes, voir ses oreilles s'allonger, mais cela n'a pas duré. Finalement, les symptômes se sont espacés et l'ours a fini par s'endormir.

Pour tromper ma nervosité, j'ai exploré les environs. Nous nous trouvions au seuil d'une espèce de jardin fruitier poussant en dépit du bon sens.

Il y avait là des pommiers sauvages, des fraisiers, des buissons croulant sous les mûres. J'ai appelé Kanzo pour qu'il m'aide à les cueillir. Nous nous en sommes gavés avant de nous assoupir, l'estomac plein.

À l'aube, quelqu'un m'a réveillée d'un coup de pied dans l'épaule. Je me suis assise d'un bond, croyant qu'un danger nous menaçait. Une fille me surplombait. Une fille vêtue d'une robe sale mais saupoudrée de paillettes dorées. Elle portait une coiffe pointue, comme les châtelaines du Moyen Âge. Pour l'heure, cette coiffe était cabossée et le voile qui s'y trouvait jadis accroché était en lambeaux.

Il m'a fallu un moment pour la reconnaître.

— *Dita* ! ai-je enfin crié.

Eh oui, c'était l'agaçante petite fée qui s'était échappée de l'Orphelinat des compagnons imaginaires en même temps que Toddy et Kanzo, mais que l'un des Traqueurs lancés à nos trousses avait capturée juste avant que nous trouvions refuge au cœur de la forêt des Sortilèges[1].

Dita n'avait jamais possédé de grands pouvoirs, néanmoins, telle une princesse capricieuse, elle faisait montre en toute occasion d'une insupportable prétention.

— Je te croyais… ai-je bredouillé.

— *Morte* ! a sifflé Dita. Je l'imagine sans mal. Tu as toujours été jalouse parce que Toddy est amoureux de moi.

J'ai rougi et balbutié des protestations maladroites.

— Bon, a tranché Dita, on ne va pas y passer la nuit. Coupons la poire en deux. Je me marie avec Toddy et toi, avec Kanzo. C'est équitable, non ?

Je n'ai pas eu le temps de répliquer car, justement, le garou et le kangourou s'éveillaient.

— Eh ! a lancé Kanzo en dévisageant la fée. La dernière fois que je t'ai aperçue, un Traqueur[2] t'enfournait dans son ventre de fer. Comment lui as-tu échappé ?

---

1. Voir tome 1.
2. Armure géante, animée par magie, qui traque sans relâche les prisonniers évadés.

Dita a haussé les épaules et récité d'un ton las :

— Il a commis l'erreur de pénétrer dans la forêt. Les arbres ensorcelés l'ont attaqué, lui infligeant de nombreux dommages. Finalement, il est tombé en panne et s'est écroulé dans une clairière. Le choc a ouvert la porte de la geôle... à partir de là, il n'a pas été très difficile de s'échapper.

— Tu es toute seule ? s'est étonné Toddy. Où sont passés les autres ?

Dita a fait la moue.

— Aucune idée, a-t-elle lâché avec indifférence. Ils se sont éparpillés dans les bois. Je n'ai pas eu envie de les suivre. *Vous avez vu ma robe ?* Je ne pourrai pas m'exhiber en public tant que je n'en aurai pas trouvé de nouvelle. Il y va de mon honneur de fée ! Bien sûr, vous ne pouvez pas comprendre.

— Tu es donc là depuis un moment, a fait observer Kanzo. Tu dois connaître les environs, non ?

— Oui, a bâillé Dita. Il n'y a pas grand-chose à faire ici. On m'a dit qu'une ville se dressait, au nord, mais pour s'y rendre on doit franchir un tas d'obstacles, c'est super ennuyeux. La forêt est truffée de pièges et d'épreuves dont il faut sans cesse triompher, une vraie galère qui ne peut exciter que des garçons. On ne peut jamais prévoir d'où viendra le danger.

— *Une ville ?* a insisté Toddy.

— Oui, oui... par là. Mais pour s'y rendre il faut emprunter la vallée du Vent sculpteur. Le chemin maléfique passe justement par là.

— Le Vent quoi ? ai-je grogné.

— Je vous expliquerai ça en route, s'est impatientée Dita. De toute manière, on n'est nulle part en sécurité. Vous savez que l'un des Traqueurs a réussi à survivre dans la forêt ?

— C'est vrai ?

— Hélas oui ! Il est parvenu à vaincre les arbres et à s'enfoncer dans les bois. Il est un peu abîmé, certes, mais toujours en état de marche. Il s'obstine à nous chercher. Tout cela pour vous dire qu'il peut surgir au détour d'un chemin d'un moment à l'autre et qu'il est préférable de rester sur nos gardes.

J'ai froncé les sourcils. Voilà qui ne figurait pas au programme. J'étais jusqu'alors persuadée que les Traqueurs ne pouvaient en aucun cas entrer dans la forêt des Sortilèges. Comme si les choses n'étaient pas assez compliquées !

— Il y a un village au bout de ce chemin, a expliqué Dita. C'est là que le vent magique expose ses sculptures vivantes.

— Bon sang, s'est exclamé Toddy, mais de quoi parles-tu ? Explique-toi, à la fin ! J'ai l'impression de discuter avec un voyageur débarqué d'une autre planète !

La fée a pris une profonde inspiration avant de marmonner d'un ton exaspéré :

— Il n'y a pas trente-six moyens d'aller vers le nord, il faut obligatoirement emprunter la vallée où souffle le vent-sorcier. Et c'est bien ça le problème... Ce vent a des prétentions artistiques. Il se prend pour un grand sculpteur. Il s'est donné pour mission de remodeler la figure des gens, de modifier leur physionomie à sa guise, selon sa fantaisie du moment. Et son goût en matière de beauté ne correspond pas forcément au nôtre, c'est le moins qu'on puisse dire.

– Tu délires ! a protesté Kanzo.

– Pas du tout. Dès que l'on s'engage dans la vallée, une bourrasque vous triture les joues, les oreilles, le menton... Oh ! ce n'est pas douloureux. La magie insensibilise la chair et la rend aussi molle que de la pâte à modeler. Des doigts invisibles pétrissent votre figure, vous dessinent une nouvelle physionomie ; c'est un peu comme de la chirurgie esthétique, mais sans piqûres, sans instruments tranchants...

– Et ensuite ? ai-je haleté.

Dita a poussé un profond soupir.

– L'ennui, a-t-elle murmuré, c'est que le Vent sculpteur n'est pas très doué. Les gens qui sont passés entre ses mains ont aujourd'hui des têtes affreuses... Pourtant, le vent reste persuadé du contraire. Mais vous allez le constater par vous-mêmes puisque nous arrivons au village.

– Mais pourquoi fait-il ça ? a répété Toddy éberlué.

– Il croit embellir les choses et les gens. Il veut apporter sa touche personnelle au paysage et à ceux qui y vivent. À mon avis, il ferait mieux de s'en abstenir. En ce qui me concerne, il est hors de question que je subisse ce genre de « retouches » ! Vous, bien sûr, ça ne changerait pas grand-chose, on ne verrait guère la différence, mais moi, je suis trop belle pour accepter de subir un tel préjudice !

Habitués comme nous l'étions aux déclarations de Dita, nous n'avons pas jugé utile de protester, ç'aurait été une perte de temps.
Sincèrement, je n'étais pas inquiète car je pensais qu'elle exagérait ; j'ai déchanté en franchissant l'enceinte du village. Le premier habitant qui nous a salués était… *affreux*. On avait l'impression qu'une pomme de terre bosselée lui tenait lieu de tête !
Confiez une boule de pâte à modeler à un enfant de trois ans et vous obtiendrez un visage analogue à ceux qui nous faisaient face. Ces pauvres gens avaient des figures de légumes qui auraient poussé de travers.
– Houlà ! a grogné Kanzo. J'ai toujours trouvé les humains plutôt laids, mais là, ça dépasse les limites du supportable.
– Je vous avais prévenus, a triomphé Dita. Voilà l'exposition de sculptures vivantes du vent fou.
– Je ne comprends pas, ai-je murmuré. Ils sourient tous, on dirait qu'ils sont heureux d'avoir été arrangés de cette manière…
– Ils ne se rendent pas compte de ce qui leur est arrivé. Le vent-sorcier les a hypnotisés. Ils sont persuadés d'être dix fois plus beaux qu'avant.
– Hypnotisés ?

– Oui, qu'est-ce que ça a d'étonnant ? Tu crois que des gens dans leur état normal se laisseraient triturer pareillement la figure ? Le vent a besoin de nouveaux spécimens comme un sculpteur a besoin de blocs de glaise pour élaborer ses esquisses. Si les gens avaient conscience de ce qui leur arrive, pas un seul ne voudrait se porter volontaire. Réfléchis un peu !

Tout autour de nous, les villageois allaient et venaient en sifflant et en chantonnant. Une véritable joie de vivre planait sur les lieux. On nous saluait amicalement, on nous faisait signe de la main. J'essayais de sourire, moi aussi, et de dissimuler l'horreur que m'inspiraient ces visages détruits.
– Nom d'un boomerang, a grogné Kanzo, on dirait des brioches qui auraient levé en dépit du bon sens ! Quand on les regarde, on ne sait pas si les trucs noirs, entre les boursouflures, sont des yeux ou des raisins !
– Arrête, ai-je sifflé en lui expédiant mon coude dans les côtes, ce n'est pas drôle.

Dita nous a fait traverser le village pour nous mener au seuil d'un défilé rocheux serpentant entre les collines.
– Voilà, a-t-elle annoncé. C'est dans ce passage que souffle le vent. Pour l'instant il se repose, on ne l'entend pas siffler, mais dès que quelqu'un s'engage dans le canyon, il se réveille, prend son envol et fond sur le malheureux.

– Quelle drôle d'idée, tout de même, a soupiré Toddy.

– D'après ce que je sais, a lâché distraitement Dita, jadis, dans les temps anciens, on lui demandait de sculpter des idoles à partir de la glaise du sol. Il modelait la boue à l'image des dieux. On l'avait chargé de ce travail parce que lui seul avait pu voler assez haut dans le ciel pour savoir quelles têtes avaient ces divinités perchées sur les nuages. Et puis, au fil des siècles, les hommes ont cessé de croire aux idoles, et le vent-sorcier s'est retrouvé sans emploi... alors, pour tromper l'ennui, il a continué avec les humains. Il essaye de les améliorer... On voit le résultat.

J'ai scruté le défilé rocheux qui s'ouvrait devant nous.

– On est forcé de passer par là ? ai-je insisté. On ne peut pas faire un détour ?

– Si, a ricané Dita, mais tu devrais alors affronter des dangers bien plus terribles. Je te l'ai dit : la forêt est truffée de pièges délirants. Au sommet de ces collines, par exemple, vivent deux mille ogres pas plus grands que des lapins. Le problème, c'est qu'ils sont immortels. Tu as envie de leur dire bonjour ?

– D'accord, ai-je capitulé. J'ai compris. Il faudra emprunter le défilé du vent fou... et si nous voulons conserver nos jolis minois, il faudra imaginer un quelconque subterfuge.

– C'est cela même, a soupiré la fée. Je me suis creusé la tête mais jusqu'ici, je n'ai rien trouvé. Il serait pourtant utile de ne pas trop tarder, car le Traqueur survivant finira tôt ou tard par suivre nos traces.

Comme nous étions coincés, nous avons décidé de dénicher un endroit où dormir. Les villageois ont fait preuve d'une grande gentillesse. Une femme nommée Herza nous a accueillis à sa table, avec ses enfants, et a même refusé l'argent que nous lui proposions en échange du repas. Je dois dire qu'elle était véritablement affreuse. Son sourire n'arrangeait pas les choses. Ses fils ressemblaient à des pommes de terre montées sur pattes. En dépit de ces inconvénients, ils rayonnaient de bonheur. Je devais faire de constants efforts pour ne pas sursauter quand ils se tournaient vers moi. La chose qui leur servait de figure était curieusement mobile, je veux dire par là que leurs yeux, leur nez, leur bouche ne restaient jamais à la même place. Ils se promenaient de-ci de-là. Tantôt le nez remplaçait la bouche, tandis que celle-ci se positionnait là où une seconde plus tôt se trouvait l'œil droit qui, lui, avait remplacé l'oreille qui, elle, était maintenant perchée au sommet du crâne ! Cette sarabande ne s'arrêtait jamais. Dita, en proie à la nausée, s'appliquait à rester penchée sur son écuelle de ragoût.

– Oh, je devine pourquoi vous venez chez nous ! a soudain lancé Herza en éclatant de rire. Vous avez entendu parler du vent-sorcier et vous venez pour qu'il vous embellisse. C'est cela, n'est-ce pas ? Vous avez eu raison. Ne le prenez pas mal, mais c'est vrai que vous êtes très laids, surtout les filles. Il s'en faudrait de peu que vous fassiez peur à mes enfants. Soyez rassurés, vous avez frappé à la bonne porte. Le vent s'occupera de vous. Il vous suffira de pénétrer dans la vallée et de vous abandonner à ses bourrasques. Cela ne fait pas mal. Quand vous reviendrez ici, vos visages auront été complètement modifiés. Vous serez devenus aussi beaux que nous.

Comme nous tardions à manifester notre enthousiasme, elle a ajouté :

– Sans compter que si quelqu'un vous poursuit, il ne vous reconnaîtra plus. Vous n'aurez donc rien à craindre de lui. Il passera son chemin.

– Oh, ai-je soufflé, vous avez deviné pour le Traqueur ?

– Bien sûr, ma chère enfant. Tout le village est constitué d'anciens fugitifs. Pourquoi crois-tu que nous sommes venus ici, sinon pour changer d'apparence et berner nos poursuivants ? Nous avions tous entendu parler du vent-sorcier qui remodelait les visages, mais nous ignorions qu'il faisait un travail aussi magnifique. Avant qu'il ne s'occupe de moi, j'étais laide à faire peur, tu n'as pas idée, et regarde-moi aujourd'hui, je suis devenue l'égale des plus grandes stars du cinéma.

Le pire, c'est qu'elle en était convaincue ! Je n'ai pas eu le cœur de la détromper. Dita commençait à donner des signes de panique, Toddy était très pâle.

Seul Kanzo s'amusait comme un petit fou et pouffait de rire dans sa serviette.

– Moi aussi, j'étais poursuivie par un Traqueur, a repris Herza. Comme j'avais un peu d'avance sur lui, je me suis précipitée dans la vallée pour m'offrir au vent. Quand j'en suis ressortie, le Traqueur entrait dans le village. Il m'a jeté un coup d'œil distrait et a continué son chemin. J'étais sauvée ! Si vous êtes, comme je le crois, dans la même situation, n'hésitez pas à emprunter le défilé. Le vent résoudra tous vos problèmes et une immense allégresse emplira votre cœur. Depuis ma transformation, moi qui étais toujours en train de pleurer, je ris du matin au soir. Ce village est le village du bonheur ; une chose est sûre, je n'en partirai jamais.

Il n'y avait pas grand-chose à objecter. Le repas achevé, Herza nous a conduits dans la grange en nous expliquant que nous pouvions rester là aussi longtemps que nous le souhaitions. Après notre « transformation », elle se ferait un plaisir de nous enseigner les règles en usage dans leur petite communauté. Avant de nous quitter, elle a précisé :

– Si vous voulez suivre l'avance du Traqueur lancé à vos trousses, utilisez la tour de guet que nous avons bâtie de ce côté. De là-haut, vous aurez une vue imprenable sur la forêt.

À peine avait-elle tourné les talons que Toddy et moi avons couru escalader l'échelle menant à la plate-forme installée au sommet. On dominait la forêt des Sortilèges qui semblait s'étendre d'un bout à l'autre de la planète. C'était réellement impressionnant. Çà et là s'ouvraient la tonsure d'une clairière ou la structure confuse d'une cité fortifiée bâtie en des temps anciens par d'autres fuyards ayant cherché refuge au cœur des bois millénaires.

Cela m'a donné le vertige et j'ai dû me cramponner à la rambarde. J'ai pris conscience que j'étais en train de contempler un monde tout à la fois merveilleux et terriblement dangereux, où n'importe quoi pouvait arriver.

– Là-bas ! Regarde ! a lancé Toddy, me ramenant à la réalité.

J'ai regardé dans la direction indiquée. Au loin, la cime des arbres s'agitait, comme si un dinosaure bousculait les troncs. Tout à coup, au milieu du feuillage, quelque chose a accroché un éclat de soleil. *Un casque…* ou plus exactement le crâne d'acier du Traqueur. Bien que bosselé, l'homme-machine paraissait toujours en état de fonctionner. Il nous cherchait…

– Il est très grand, a constaté Toddy dans un murmure. Il sera ici dans deux jours, au plus tard. Les flèches enduites de poison-lapin ne le ralentiront pas.

– Alors il faut trouver une solution pour traverser le défilé sans être défigurés…

– Oui, mais laquelle ?

En quête d'une idée lumineuse, je suis redescendue de la tour pour aller me poster à l'entrée de la gorge.

Emprunter ce chemin offrait un avantage certain car le passage était bien trop étroit pour que le Traqueur puisse s'y glisser. S'il voulait nous suivre, il lui faudrait effectuer un large détour, ce qui nous permettrait de prendre une avance confortable. *Oui, mais avais-je réellement envie de voir mon visage se métamorphoser en pomme de terre ?* Là était la question.

Tout à coup, j'ai senti une présence derrière moi. C'était Herza, notre hôtesse. Comme si elle avait lu dans mes pensées, elle a murmuré :

— Ne sois pas si effrayée, je suis passée par là avant toi. Je puis t'assurer que le changement s'opère sans douleur. Une fois que ton visage sera transformé, tu ne connaîtras plus jamais la peur ou le chagrin. Tu seras heureuse jusqu'à ton dernier jour. Tu auras sans cesse envie de danser, de chanter. La joie s'installera dans ton cœur à jamais. C'est ainsi que le vent-sorcier nous récompense pour avoir accepté de lui servir de pâte à modeler.

— Mais... ai-je bredouillé.

Herza a souri, ce qui n'arrangeait rien à sa physionomie !

— Je sais, a-t-elle soupiré, tu te dis que tu seras laide, c'est ça ? Va, je ne suis ni idiote ni sourde, je sais ce que les gens disent de nous. Je n'ignore pas que moi, mes enfants, mes voisins sommes affreux... mais quelle importance puisque nous n'en souffrons pas ? Comprends-tu ? Puisque nous sommes entre nous, je puis te dire la vérité, je fais semblant de me croire belle, mais je sais qu'il n'en est rien. Ma laideur ne me rend pas malheureuse puisque le vent-sorcier a rempli mon cœur d'une joie qui ne s'éteindra jamais. Si toi et tes amis acceptez d'être transformés, vous pourrez rester avec nous sans craindre d'être rattrapés par vos poursuivants. Vous partagerez notre joie de vivre... vous serez plus heureux ici, au village, que partout ailleurs dans le monde. Cela n'est-il pas plus précieux qu'une jolie figure ? Réfléchis, mais ne tarde pas trop, car le Traqueur se rapproche à grands pas, et nous ne pourrons rien faire pour vous protéger de lui. Va voir tes amis et discutez de ce que je viens de te dire. Le kangourou n'a rien à craindre, car le vent ne s'intéresse pas aux animaux. Il n'en va pas de même pour toi, l'autre fille et le garçon au nœud papillon bleu.

Elle s'est éloignée après m'avoir adressé un petit signe de la main.

D'une certaine façon, elle avait raison : une fois affublés d'une tête de pomme de terre, nous ne risquerions plus d'être reconnus par nos ennemis ! Son plan était infaillible *mais...*

L'esprit tiraillé par des pensées contraires, j'ai repris le chemin du village pour rejoindre mes amis dans la grange où Herza nous hébergeait. Je leur ai rapporté les propos de notre hôtesse. J'ai cru que Dita allait me sauter à la gorge.

— Tu as conscience de ce que tu nous dis ? a-t-elle hoqueté, les yeux scintillants de fureur. Tu crois que je vais accepter de devenir monstrueuse parce que la magie du vent me permettra de ne pas souffrir de cet état de chose ? Tu as perdu la boule ou quoi ?

— C'est vrai que ça paraît bizarre, a renchéri Toddy.

— Oh ! a sifflé Dita au comble de l'exaspération. Tu peux toujours parler ! Tu ne risques rien, il te suffira de te changer en ours au moment d'entrer dans le défilé pour que le vent se désintéresse de toi.

— Tu fais erreur, a murmuré l'interpellé avec une grimace de lassitude. Mon pouvoir est en train de me quitter. Il me sera bientôt impossible de me métamorphoser quand je le souhaiterai. Si j'emprunte le défilé, ce sera sous ma forme humaine, comme toi et Lina. Nous serons donc logés à la même enseigne.

Cela n'a guère eu d'effet sur Dita qui a haussé les épaules.

— De toute manière, quelle importance pour vous ? a-t-elle craché. Toi et Lina êtes déjà moches, vous n'avez pas grand-chose à perdre, tandis que moi...

Kanzo a poussé un grognement d'impatience.

— Nous perdons du temps, a-t-il souligné. Pendant que vous vous disputez, le Traqueur se rapproche à grandes enjambées. Il faut prendre une décision. Inutile d'espérer contourner l'obstacle. Je vous le répète, il n'y a pas d'échappatoire. Je me suis renseigné. Les hauts plateaux environnants sont infestés d'ogres. Ils nous dévoreront dès que nous poserons le pied sur leur territoire. Le seul moyen de traverser cette contrée, c'est d'emprunter le défilé. Au bout du canyon, nous déboucherons dans les marécages. Si le Traqueur s'obstine à nous y poursuivre, il s'enfoncera peut-être dans les sables mouvants, qui sait ?

Un silence maussade s'est installé. Dita a fini par quitter la grange en claquant la porte, Toddy a annoncé qu'il regagnait la tour de guet pour suivre l'avancée du Traqueur.

Accompagnée de Kanzo, j'ai entrepris de faire le tour du village en me creusant la cervelle. Je n'étais sans doute pas une beauté, mais avais-je pour autant envie de devenir une fille-pomme de terre ? J'ai demandé à Kanzo ce qu'il en pensait.

– Je ne peux pas prendre la décision à ta place, a-t-il grommelé. Je suis un kangourou. Je n'ai jamais trouvé les humains très beaux. Pour dire la vérité, je ne remarque pas de grande différence entre Dita, toi et Herza. Vous êtes à peu près pareilles… enfin, à mes yeux. À votre place, j'accepterais d'être remodelé par le vent, ça pourrait être rigolo, non ? Tu as vu comme ils peuvent faire bouger leurs yeux et leurs oreilles ? C'est trop cool !

J'ai failli répliquer qu'il ne m'aidait pas beaucoup, mais ç'aurait été injuste, c'était un kangourou, avec des idées de kangourou. Sa notion de la beauté différait radicalement de la nôtre. Je ne pouvais lui en vouloir.

Je commençais à désespérer quand l'idée a jailli, plus lumineuse qu'une fusée de feu d'artifice.

Nous venions de passer devant l'échoppe du potier qui modelait de la glaise sur son tour. L'évidence m'a frappée.

– C'est cela qu'il nous faut ! me suis-je écriée en expédiant mon coude dans le flanc de Kanzo.

– Quoi ? a gémi le kangourou. De la glaise ?

– Oui… enfin non ! Des pots ! Des jarres !

– Qu'est-ce que tu racontes ?

– Mais oui, c'est évident, nous allons nous fabriquer des casques avec des jarres retournées ! Il suffira que nous les enfilions sur nos têtes comme un heaume de chevalier et le tour sera joué. Le vent ne pourra plus toucher nos visages… Tu comprends ?

– Eh ! pas bête ! a sifflé Kanzo. Le vent-sorcier ne s'intéresse qu'aux figures des humains, pas à leur corps… Mais vous n'y verrez rien.

– Exact. Alors nous marcherons en file indienne, chacun posant la main sur l'épaule de celui qui le précède. Tu conduiras la colonne puisque tu es un animal et que le vent ne s'attaquera pas à toi.

– Super ! Il faut prévenir les autres.

Un quart d'heure plus tard, nous étions tous rassemblés devant l'échoppe du potier. Toddy était enthousiasmé par mon idée, Dita, comme on s'en doute, se faisait prier.

– Se mettre la tête dans une jarre retournée, répétait-elle avec ironie, quelle trouvaille ! Ça doit sentir mauvais là-dedans, et puis je vais m'écorcher le nez, les joues... la terre cuite, c'est rugueux.

– Arrête ! est intervenu Toddy. Le temps presse. Le Traqueur se déplace beaucoup plus vite que prévu. Il sera ici dans une heure. L'idée de Lina est géniale. Il faut juste dénicher des jarres assez larges pour que nous puissions y enfoncer la tête.

– Et si le vent est assez violent pour les emporter ? a riposté Dita.

– Il n'y aura qu'à se les attacher sous les bras avec des cordes, a grogné Toddy. Regarde, elles ont des anses de chaque côté, il suffira d'y passer de la ficelle.

Durant les vingt minutes qui ont suivi, nous avons enfilé les pots sur nos têtes comme s'il s'agissait de chapeaux, cela sous l'œil amusé du potier. Le problème provenait des ouvertures trop étroites. Après de multiples essais, chacun a fini par trouver la coiffe qui lui convenait. Kanzo a aussitôt entrepris d'assujettir ces étranges couvre-chefs sur nos épaules avec de la ficelle, de manière que le vent ne puisse les arracher.

Une fois harnachée, je n'y voyais plus rien et j'étouffais à moitié car mon crâne emplissait l'espace interne de la jarre. Une violente odeur de terre cuite me donnait envie d'éternuer.

– Bon, ça y est, a haleté le kangourou. On y va. Chacun de vous va poser la main droite sur l'épaule de celui qui le précède et régler son pas sur le sien, compris ? Je vais vous aider à prendre vos marques.

N'oubliez pas que je suis en tête de colonne ! Restez calmes quoi qu'il arrive. Allez, on se met en marche... droite... gauche... droite... gauche...

Je manquais d'air et je transpirais déjà sous mon casque d'argile cuite. Ma main reposait sur l'épaule de Toddy, et celle de Dita, sur la mienne. Autour de nous, les villageois pouffaient de rire, mais sans méchanceté.

– Bonne chance ! nous a crié Herza. Vous êtes les premiers à vouloir défier le vent-sorcier. Je ne peux prévoir quelle sera sa réaction. J'espère qu'il n'y verra pas un affront.

J'ai serré les mâchoires, m'imaginant déjà soulevée dans les airs par une trombe furieuse. Je n'avais pas pensé à cela. Herza avait raison, le vent pouvait nous faire trébucher en nous décochant de violentes bourrasques. Si nous perdions l'équilibre, nos têtes heurteraient le sol... et les jarres voleraient alors en éclats, offrant nos visages nus aux caprices de l'ouragan.

Des craquements lointains ont soudain résonné à mes oreilles.

– Qu'est-ce que c'est ? ai-je demandé.

– *Le Traqueur...* a grogné Kanzo. Il se rapproche. Il écarte les arbres pour aller plus vite. Je vais vous demander de hâter le pas. La menace se précise. Il faut que nous entrions dans le défilé avant que l'armure ensorcelée n'atteigne le village.

J'ai serré les mâchoires pour empêcher mes dents de claquer. Aveuglée comme je l'étais, le danger me paraissait encore plus effrayant. J'ai entendu Dita gémir de terreur dans mon dos.

Les arbres ont craqué de plus belle. J'ai cru que j'allais perdre la tête et me mettre à courir droit devant moi.

– Du calme ! nous a ordonné Kanzo. Nous entrons dans le défilé. Attention, le sol est inégal et truffé de gros cailloux. Essayez de ne pas trébucher !

Un froid humide a succédé à la morsure du soleil sur ma peau. Une odeur de terre mouillée et de moisissure a flotté jusqu'à mes narines. Le bruit de nos pas s'est doublé d'un écho.

– Le passage n'est pas large, a commenté Kanzo. Deux mètres à peine. Le Traqueur ne pourra pas s'y faufiler. Et s'il essaye, il restera coincé. C'est bon pour nous !

Il tentait de nous rassurer mais je percevais de l'inquiétude dans sa voix.

– Vite ! Vite ! a supplié Dita. Je veux qu'on me sorte de là, c'est insupportable, je vais devenir folle !

Pour une fois, j'étais d'accord avec elle.

Les cailloux du sol rendaient notre avance malaisée et je ne cessais de buter contre mille petits obstacles que je ne pouvais voir.

Je commençais à reprendre confiance quand un bruissement soyeux a empli le passage rocheux.

– Le vent se lève, a bredouillé Kanzo. Les bourrasques viennent à notre rencontre... Nom d'un boomerang ! C'est comme si des doigts invisibles me palpaient le museau... ça y est, c'est fini. Manifestement, je ne les intéresse pas. Cela va être à votre tour, gardez votre calme.

Dita a gémi de plus belle. J'ai eu l'illusion de heurter une paroi élastique, puis le souffle m'a enveloppée, secouée. Le vent s'est obstiné sur la potiche attachée à mon cou, essayant d'abord de renverser cet obstacle, puis de l'arracher... L'épreuve a duré trois longues minutes, puis le souffle s'est éloigné pour se concentrer sur Dita.

— On dirait que ça fonctionne, a commenté Kanzo. Tant que la ficelle tiendra bon, vous serez à l'abri. N'arrêtez pas d'avancer, plus vite nous serons sortis du défilé, plus vite vos jolies frimousses seront hors de danger.

Les jambes tremblantes, je me suis appliquée à faire comme il disait. Autour de nous, le vent s'exaspérait, revenant à la charge, s'acharnant sur les jarres. Ses secousses me déstabilisaient et, bien évidemment, j'ai perdu l'équilibre. J'ai roulé sur le sol et la jarre protégeant mon visage a heurté une pierre. J'ai poussé un cri de terreur, persuadée qu'elle allait voler en éclats.

Heureusement, cela ne s'est pas produit. Kanzo m'a aidée à me redresser.

— Aïe, a-t-il grogné, mauvaise nouvelle. Ta potiche est fendue. Au moindre choc, elle peut tomber en miettes. Il faut se dépêcher de sortir de ce guêpier. Je crois que le vent n'apprécie pas du tout le tour que nous lui avons joué.

Je me suis brusquement aperçue que la lumière du jour se frayait un chemin à l'intérieur de la jarre par les fissures de la terre cuite. Cela dessinait une sorte de Z qui ne me semblait pas de bon augure.

— Allez ! a crié le kangourou pour dominer les hurlements courroucés du vent. Encore un effort !

Comme si elles avaient deviné que la potiche me servant de casque était à présent fragilisée, les bourrasques concentraient leurs efforts sur moi, me giflant encore et encore.

*C'est fichu,* ai-je pensé, *ça ne tiendra jamais jusqu'au bout !*

La jarre allait exploser, le vent me triturerait la figure pour me transformer en fille-pomme de terre… Devenue hideuse, je n'aurais plus qu'à rebrousser chemin pour revenir au village et devenir la servante d'Herza. Plus tard, j'épouserais un garçon-pomme de terre… Nous serions affreusement laids tous les deux mais heureux. Heureux comme personne ne pouvait espérer l'être sur cette terre. N'était-ce pas, après tout, un sort enviable ?

Tout à coup, un petit morceau de terre cuite s'est détaché, et j'ai cru que c'en était fait de moi… J'ai fermé les yeux, résignée au pire, mais Kanzo m'a rassurée.

— C'est fini ! l'ai-je entendu crier. Nous sommes sortis du défilé ! Le danger est passé !

Puis il nous a aidés à défaire les nœuds compliqués qui maintenaient les potiches sur nos épaules. Toddy et Dita étaient très pâles, j'ai compris que je ne devais pas faire meilleure figure.

— Il s'en est fallu d'un cheveu, a bougonné le kangourou. Le côté positif de l'aventure, c'est que le Traqueur n'a pas pu s'introduire dans le défilé. Il est resté bloqué à l'entrée. Je ne vous en ai pas parlé pour ne pas vous effrayer davantage, mais je pense qu'il va essayer de passer par le plateau des ogres. Ceux-ci ne lui feront pas grand mal, mais ce détour va le retarder et donc nous permettre de prendre de l'avance.

Comme il n'était pas question de s'arrêter pour souffler, nous nous sommes remis en marche. La forêt nous a enveloppés, silencieuse et menaçante, recélant mille dangers aussi imprévisibles que délirants.

## La ville invisible

Je ne suis pas sorcière mais, dès le lendemain matin, mon sixième sens m'a avertie que le Traqueur se rapprochait dangereusement. À croire qu'il avait trouvé le moyen de se creuser un chemin au travers du défilé ! Chaque fois que je jetais un coup d'œil par-dessus mon épaule, il me semblait discerner au milieu de la brume une silhouette de plus en plus précise. Cette ombre, aux allures de gorille métallique, avançait pesamment dans nos traces, déracinant d'un revers de bras les obstacles qui se dressaient sur sa route. J'avais beau m'efforcer de faire bonne figure, la peur me gagnait. L'épuisement me raidissait les jambes et, à voir la tête de mes compagnons, je n'avais aucun mal à deviner qu'ils se trouvaient dans le même état.

— On se traîne comme des limaces, a gémi le kangourou. Il va nous rattraper. Ce truc-là n'a rien d'humain, il n'a besoin ni de manger ni de dormir. Nous pensions l'avoir semé, mais je suppose qu'il a agrandi le canyon en arrachant la roche grâce à ses mains d'acier. Ce n'était pas prévu au programme.

— C'est vrai, a haleté Toddy. Il est urgent de se dénicher une vraie cachette.

Je me suis tournée vers Dita pour lui demander :

— Toi, en tant que fée, tu connais sans doute le pays mieux que moi. Sais-tu où nous pourrions nous dissimuler ?

Dita a haussé les épaules.

— Je ne suis jamais venue ici, a-t-elle grogné, parfois tu as l'air d'oublier que je n'étais qu'une fée d'appartement. Mon pouvoir ne dépassait pas les limites de la chambre où vivait l'enfant qui m'a créée. Je suis aussi perdue que toi ! Mais il n'y a qu'à demander aux farfadets. Les farfadets sont au courant de ces choses, ce sont les gardiens de la forêt. L'ennui, c'est qu'ils ne donnent aucun renseignement sans contrepartie. Il faudra les dédommager d'une manière ou d'une autre.

— Et comment ? ai-je soupiré.

— Je ne sais pas, a fait Dita avec une pointe d'exaspération. On pourrait leur offrir ce stupide kangourou jaune en sacrifice, par exemple.

— À mon avis, a rétorqué Kanzo, en sacrifiant une fée de pacotille, on obtiendrait de meilleurs résultats, non ?

J'étais trop fatiguée pour supporter leurs chamailleries, aussi leur ai-je ordonné de se taire. Heureusement, Toddy s'est porté à mon secours.

— Vous parlez sans savoir, a-t-il déclaré d'un ton sans réplique. Dans la hiérarchie des peuples de la forêt, les farfadets doivent obéissance aux ours, qui occupent la position de suzerains. Or je suis garou et, en tant que vassaux, ils seront forcés de répondre à mes questions.

À l'instant même où il prononçait ces mots, ses yeux sont devenus jaunes et une puissante odeur animale a empli l'air. Il nous a aussitôt tourné le dos, afin de masquer les transformations qui s'opéraient en lui. Je n'ai rien tenté pour l'en dissuader ; le spectacle de ses griffes en train de pousser et de son visage se couvrant de pelage ne me tentait pas plus que ça !

– Bon sang, que ça sent mauvais ! s'est exclamée Dita. Ça empeste la laine mouillée !

Je lui ai expédié mon coude dans l'estomac.

Toddy a poussé un grondement à vous flanquer la chair de poule. Une minute s'est écoulée, puis un lutin a émergé d'entre les racines, peu rassuré. C'était un lutin basique, dont le visage rappelait celui d'un lapin sans poils. Le corps aurait pu être celui d'un ouistiti. L'ensemble n'avait rien de charmant, et on l'imaginait mal travaillant pour le Père Noël en sifflant de joyeuses rengaines ; ses doigts griffus auraient déchiqueté les jouets. Toddy lui a rapidement exposé notre requête. Son museau d'ours, hérissé de crocs, déformait sa voix, rendant ses paroles peu compréhensibles, mais le farfadet s'en est accommodé. Se dandinant d'un pied sur l'autre, il a soudain lancé :

– Le Traqueur vous aura rattrapés avant ce soir. Quand ce sera fait, il vous arrachera bras et jambes comme on effeuille une marguerite. Il a été conçu pour cela par les sorciers au service de votre roi.

— Dis-nous quelque chose que nous ne savons pas déjà ! a grondé Toddy.

Trois gouttes de bave sont tombées de sa gueule sur le crâne du lutin qui est devenu livide.

— Le seul moyen de lui échapper, a-t-il bredouillé, c'est de trouver refuge dans l'enceinte de la ville invisible.

— La ville invisible ? ai-je répété.

— Oui, a insisté le farfadet. C'est là que viennent se terrer les fugitifs qui ont épuisé toutes les cachettes possibles. Une fois que l'on se trouve à l'abri des remparts, personne ne peut vous voir. Vous devenez aussi transparents que le cristal aux yeux de ceux qui demeurent à l'extérieur.

— Hé ! s'est écrié Kanzo. C'est ce qu'il nous faut.

— Avez-vous de l'or ? s'est inquiété le lutin. Car il vous faudra payer une taxe. La ville invisible fonctionne comme un hôtel. Rien n'y est gratis.

— J'ai des bijoux, est intervenue Dita. Ça devrait suffire à nous assurer quelques jours de répit.

— C'est vous qui voyez, a fait le farfadet en haussant les épaules. Suivez-moi, je vous y conduis de ce pas, mais, par pitié, dites à cet ours d'arrêter de me baver dessus, la salive de garou rend chauve.

Aussitôt, il a entrepris de se frayer un chemin dans les hautes herbes. Je n'étais pas rassurée, car les lutins aiment se payer la tête des humains et multiplier les farces cruelles. Je me demandais si ce gnome n'était pas en train de nous tendre un piège.

— Comment sais-tu où se trouve la ville invisible si, *justement,* elle est invisible ? s'est étonné le kangourou.

— Nous avons nos trucs, nous les lutins, a répliqué la bestiole avec un mépris amusé. Notre boulot consiste à connaître les secrets de la forêt. Tu n'es qu'une espèce de chien à ressort monté sur pattes de sauterelle. Tu as beau parler, comparé à nous, les farfadets, tu ne vaux pas davantage qu'un escargot écrasé !

Et, sans plus s'expliquer, il s'est mis à trotter de plus belle.

Je n'ai pas cherché à discuter car, derrière moi, j'entendais craquer les arbres que le Traqueur déracinait pour se frayer un passage. La menace se rapprochait trop vite pour que je m'offre le luxe de faire la difficile. Pour un peu, j'aurais galopé ventre à terre. L'idée d'être « effeuillée comme une marguerite » n'avait rien d'emballant.

Tout à coup, le farfadet s'est immobilisé à la lisière de la forêt. Je savais qu'il n'irait pas plus loin.

Devant nous s'étendait une plaine marécageuse, déserte. Plutôt moche. Le genre d'endroit où l'on évite de s'attarder.

— Voilà, a expliqué notre guide. Marchez en droite ligne jusqu'à l'arbre mort. Quand vous y serez, prononcez la formule suivante : « Exactitude exacketa phyzo-

malos expendiera HC4567 8743 KT28 ordenos fripaque. »
Vous vous rappellerez ?

— Trop facile ! a ricané Kanzo qui a une mémoire d'éléphant.

— Quelqu'un viendra vous accueillir. Une fois que vous serez passés de l'autre côté des remparts, le Traqueur ne vous verra plus.

— Tu veux dire que la ville est là ? me suis-je étonnée. Devant nous ?

— Bien sûr ! a soupiré le lutin. Moi, je la vois. Elle se dresse au milieu des marécages, ce qui constitue une protection supplémentaire.

— Mais le Traqueur ne risque-t-il pas de tomber dessus par hasard ? s'est inquiétée Dita.

— Pourquoi traverserait-il les marécages puisque *apparemment* la plaine est déserte à perte de vue ? a ricané le lutin. En outre, il est si lourd qu'il s'enfoncerait dans les sables mouvants. Tu as beau être une fée, tu dis beaucoup de sottises !

J'ai cru que Dita allait lui arracher la tête.

— Je ne peux rien faire de mieux, a conclu le farfadet. C'est votre unique chance d'échapper à votre poursuivant, mais je vous ai prévenus, vous allez y laisser jusqu'à votre dernière pièce d'or. Par ailleurs, les gens qui se cachent là ne sont guère recommandables. La plupart sont des criminels en fuite, pirates et bandits de grands chemins. Restez sur vos gardes. Le chemin maléfique que vous avez décidé de suivre est réputé pour réserver de mauvaises surprises.

D'une pirouette, il a plongé dans les buissons, nous abandonnant à la lisière de la plaine boueuse, rébarbative en diable.

— Je suppose qu'il faut y aller, a fait Toddy qui avait rentré ses griffes. Je passe le premier, mettez vos pas dans mes traces. J'ai l'impression qu'à part la mince bande de terre qui mène à l'arbre mort, tout le reste n'est qu'une tourbière prête à nous engloutir.

Nous avons avancé en file indienne. J'ai cru entendre le farfadet ricaner au fond des buissons, comme s'il se réjouissait de la mauvaise surprise qui nous attendait. Malgré le froid, une rigole de sueur me dégoulinait au creux des reins. Il me semblait à présent que le pas du Traqueur faisait trembler le sol, tel celui d'un dinosaure.

Nous avons enfin atteint le tronc abattu. J'avais beau écarquiller les yeux, je ne voyais toujours rien ! Si la cité invisible se tenait devant moi, elle était plus transparente que le cristal.

— Vas-y ! a ordonné Toddy en se tournant vers Kanzo. Récite le charabia du lutin, moi, j'en suis incapable.

Le kangourou s'est exécuté sans se tromper. Nous nous sentions idiots, ainsi plantés au milieu du marécage tandis que la forêt s'emplissait de craquements.

Tout à coup, l'air s'est troublé devant moi. Comme lorsque l'on jette un caillou dans un lac et que l'impact dessine des cercles concentriques. Quelqu'un est sorti de ce vortex[1]. Un homme habillé en vert, à la manière de Robin des Bois, et qui portait plusieurs paires de lunettes en sautoir.

— Bonjour, a-t-il lancé avec un sourire commercial. Vous êtes trois ? Pas de bagages ? Ah, si… un kangourou. C'est pour combien de nuits ? On paye d'avance.

J'avais envie de lui crier de se dépêcher. Le Traqueur se rapprochait. Il fallait à tout prix que nous devenions invisibles avant qu'il n'émerge de la forêt. Dita s'est lancée dans un marchandage interminable en exhibant ses bijoux. Après les avoir examinés, le réceptionniste a accepté de les échanger contre une bourse remplie de piécettes d'étain.

— Si vous voulez vous donner la peine d'entrer, a-t-il conclu, je vous exposerai les règles à observer une fois à l'intérieur.

Il était temps ! Nous nous sommes rués dans le vortex qui s'est refermé derrière nous. Nous avions enfin franchi le seuil de la ville magique. J'ai retenu un cri de déception. La cité qui se dressait devant moi n'avait rien d'extraordinaire. Je ne sais à quoi je m'étais préparée… peut-être à des maisons en cristal ?

Le réceptionniste a ricané devant mon air dépité.

— Du calme, a-t-il lancé, pas de panique ! Vous n'êtes pas victimes d'une mauvaise blague. Vos poursuivants n'ont aucune chance de vous voir. Quand ils regarde-

---

1. Tunnel d'énergie ouvrant sur une autre dimension, un autre monde.

ront dans notre direction, ils n'apercevront qu'un marécage empli de sables mouvants, et cela leur ôtera toute envie de faire un pas de plus, croyez-moi.

— Et qu'est-ce qu'on est censé faire à présent ? ai-je grogné. Vous avez prévu un hébergement ?

— Pas si vite ! a sifflé l'homme en vert sans se départir de son agaçant sourire. Dès maintenant, vous allez devoir prendre une décision très importante, et qui se résume à ces simples mots : *avec ou sans lunettes* ?

— Qu'est-ce qu'il raconte ? s'est impatienté Toddy.

— D'accord, je vois que j'ai affaire à de parfaits ignorants ! a soupiré le bonhomme. Je vais donc commencer par le commencement. Cette cité présente certains inconvénients pour les gens qui n'y sont pas nés, ce qui est votre cas. Parmi ces inconvénients, je citerai les crocodiles du marais.

— Mais encore ? ai-je insisté.

— La nuit, les crocodiles émergent de la boue et se promènent dans nos rues. Ils ont le pouvoir de se rendre invisibles aux yeux des étrangers (dont vous faites partie), si bien que vous ne les verrez jamais. Le problème est donc le suivant : si vous vous déplacez à l'aveuglette, vos chances de survie seront très faibles. Il en ira différemment si vous faites preuve de sagesse en prenant une précaution élémentaire…

— Quel genre de précaution ? a grogné Toddy que les manières du bonhomme énervaient.

— Louer des lunettes ! a annoncé le réceptionniste en brandissant triomphalement celles qui pendaient à son cou. Elles sont magiques et vous permettront de repérer les crocodiles. Ainsi vous éviterez de leur marcher sur la queue. Généralement ils n'aiment pas ça et réagissent méchamment. Ce sont des animaux à fort quotient d'agressivité, comme disent les psychanalystes. Les lunettes vous révéleront également où se cachent les pièges disposés dans les rues.

— Quoi ? ai-je hurlé. Il y a des pièges autour de nous ?

— Hélas oui, a soupiré l'homme. Nous n'y pouvons rien, ce sont les lutins qui les installent pour s'amuser aux dépens des étrangers. Vous connaissez leur caractère facétieux. Ils ne laissent jamais passer une occasion de faire des farces aux humains. C'est ainsi qu'ils se glissent la nuit dans nos rues pour y poser des pièges à loup ou creuser des fosses garnies d'épieux... ou encore installer des blocs de pierre en équilibre au-dessus des portes. Toutes ces machines infernales restent bien sûr invisibles aux yeux des gens qui ne sont pas nés ici. Je vous conseille donc de louer des lunettes magiques si vous voulez éviter d'avoir le pied tranché par un piège à ressort. À l'intérieur de la ville, il n'est guère conseillé d'être pingre... du moins si l'on tient à rester en bonne santé.

J'ai enfin compris pourquoi le farfadet avait ricané dans notre dos en nous voyant prendre le chemin de la cité invisible. Il savait dans quel traquenard nous allions tomber.

— Et quel est le prix de la location ? a grogné Dita, les doigts crispés sur la bourse emplie de piécettes d'étain.

Le réceptionniste l'a énoncé. Il était élevé.

— Évidemment, a-t-il fait d'un air pincé, vous pouvez choisir de ne prendre qu'une paire de lunettes et désigner l'un d'entre vous comme guide, mais ce ne sera guère commode. Cela vous obligera à rester ensemble.

— Je crois que nous allons essayer comme ça, ai-je conclu. Du moins pour la première journée.

— Comme vous voulez, a lâché l'homme en vert sans dissimuler le mépris que lui inspirait notre avarice. Le prix de la location est payable à chaque lever du soleil. Faute de quoi les lunettes vous seront confisquées. Nous sommes d'accord ?

Dita a compté les piécettes et a reçu en échange une paire de lunettes magique aux verres constellés d'éraflures.

— On se relayera, ai-je décidé. Celui qui voudra bien les porter marchera en tête de la colonne. Nous avancerons en file indienne, chacun posera sa main sur l'épaule de celui qui le précède, comme nous l'avons fait dans le défilé du Vent sculpteur.

— Ça va être d'un commode ! a grogné Toddy.

Il avait raison, mais étant donné le prix de la location, je préférais me montrer économe.

– Lina a raison, est intervenue Dita. La bourse n'est pas inépuisable et je ne sais pas combien de temps nous allons devoir rester ici.

Comme pour souligner ses paroles, un craquement a retenti derrière nous. C'était le Traqueur qui émergeait de la forêt, au seuil de la plaine marécageuse. Il était encore plus grand que dans mon souvenir. Presque un géant. Il s'est immobilisé, un arbre dans chaque main. Son casque amplifiait le bruit des vapeurs magiques qui bouillonnaient en lui et l'animaient, lui donnant des allures de tempête. Lentement, son heaume a pivoté de droite et de gauche, en grinçant…

– Il nous cherche ! a glapi Kanzo.

– *Il ne nous voit pas !* a triomphé Toddy. Bon sang ! Ça marche ! À ses yeux, nous sommes vraiment devenus invisibles !

Oui, ai-je pensé. Mais pour combien de temps ?

# Mille rues, mille dangers

J'avais eu raison de ne pas me réjouir car, loin de s'éloigner, le Traqueur s'est mis à déambuler à la lisière du marécage. Il ne cessait de tourner la tête de droite et de gauche, comme s'il soupçonnait une diablerie. J'aurais aimé le voir poursuivre son chemin, mais il semblait décidé à camper là. À deux reprises, il a tenté de s'avancer sur la plaine, mais les sables mouvants lui ont gloutonnement avalé le pied, le forçant à battre en retraite. Il n'était pas assez fou ou aveuglé par la haine pour ignorer que le marécage risquait de l'engloutir tout entier. Néanmoins, chaque fois qu'il regardait dans notre direction, je ne pouvais m'empêcher de frissonner. J'avais du mal à me persuader que j'étais invisible à ses yeux.

– Je refuse de dormir dehors ! a lancé Dita. Pas avec ces crocodiles qui sortent du marécage au crépuscule. Il faut trouver une auberge. Lina, toi qui portes les lunettes, guide-nous.

Elle s'adressait à moi comme à une servante, mais bon, l'heure n'était pas aux disputes, et de toute manière elle avait raison. Je n'avais pas envie de camper à la belle étoile au milieu de ce cloaque, surtout si les farfadets profitaient de l'obscurité pour poser des pièges aux carrefours.

J'ai commencé à explorer les rues avoisinantes, mais, quand j'ai tenté de me renseigner auprès des passants, je n'ai obtenu pour toute réponse que des grognements ou des injures. Les habitants de la cité invisible ne paraissaient guère amicaux. Beaucoup allaient en haillons, d'autres arboraient des blessures aux chevilles, sans doute parce qu'ils avaient malencontreusement posé le pied dans un piège. Certains, même, avaient été amputés d'une jambe, probablement pour avoir marché sur la queue d'un crocodile...

Alors que nous remontions une rue commerçante, nous avons eu une mauvaise surprise.

– Nom d'un boomerang ! a hoqueté Kanzo. Vous avez vu ces saucisses, ces jambons, ces pâtés ? Et ces brioches, ces pains au chocolat, ces tartes aux pommes ? Les prix sont extravagants ! Jamais on ne pourra se payer ça ! Ça relève de l'escroquerie.

J'ai alors pris conscience que les gens, autour de nous, étaient pour la plupart d'une affreuse maigreur.

– J'ai pigé ! a grogné Toddy. Ils se privent de nourriture pour continuer à louer les lunettes qui les protègent des pièges et des crocodiles. Si l'on s'attarde ici, on deviendra comme eux.

– Non ! Ce serait trop horrible ! a hoqueté Dita. *Vous avez vu comme ils sont mal habillés ?* Il n'y a sans doute pas un seul couturier valable dans cette fichue ville. Une fée doit tenir son rang ! Il est hors de question que je me déguise en pauvresse !

Je ne l'ai pas houspillée car j'étais occupée à chercher une auberge. Les prix affichés par les deux premières m'ont dressé les cheveux sur la tête. La troisième – *Au Bouclier d'Argent* – était plus abordable mais restait très chère.

– La nuit tombe, a soufflé nerveusement Kanzo. Les crocos ne tarderont pas à sortir du marécage. Je suppose qu'ils parcourent les rues dans l'espoir de surprendre les malheureux réduits à dormir en plein air.

– Offrons-nous une bonne nuit de sommeil, a décidé Toddy. Demain nous explorerons la ville. Avec un peu de chance, nous dénicherons une cachette qui ne nous coûtera rien. Et puis, le Traqueur sera peut-être parti, qui sait ?

Je l'espérais de tout mon cœur mais je n'y croyais guère. Nous avons donc franchi le seuil de l'auberge.

– Vous avez raison de ne pas vous attarder au-dehors ! nous a lancé le patron en guise de salut. La nuit tombe, les lézards sont sur le point de sortir du marécage. Avec une seule paire de lunettes pour quatre, vous n'êtes guère en sécurité.

– À ce qu'on m'a dit, ai-je fait remarquer, les gens nés ici n'en ont pas besoin…

– Exact, a lâché l'homme avec un sourire satisfait. Tous ceux qui ont vu le jour à l'intérieur de la ville invisible jouissent de ce pouvoir. Seuls les étrangers en sont dépourvus.

– Ouais, a grogné Toddy. Une bonne combine pour nous plumer !

L'aubergiste a feint de n'avoir pas entendu.

– Allons nous coucher, a soupiré Dita. Je vous préviens que par souci d'économie, je n'ai loué qu'une chambre. Il faudra s'entasser comme l'on pourra. J'espère que ce cauchemar prendra vite fin. Je n'ai pas été habituée à dormir avec des laquais... et encore moins avec des animaux aux pattes crottées !

Comme Kanzo montrait les crocs, j'ai jugé préférable de guider tout ce petit monde jusqu'à la chambre qui était modeste. Toddy a annoncé qu'il dormirait par terre avec Kanzo, et qu'il « abandonnait le lit aux demoiselles ». J'ai rétorqué qu'il n'y aurait qu'à faire l'échange sur le coup de minuit, ce qui a provoqué une explosion de colère chez Dita.

– Ours et kangourou peuvent dormir sur le plancher ! s'est-elle écriée. Je n'ai jamais vu que dans les zoos on équipait les cages de matelas !

– On n'a pas davantage vu un ours et un kangourou planter leurs crocs dans les fesses d'une fée, a répliqué Toddy, et pourtant ça pourrait se produire avant peu...

Cette menace calma apparemment Dita, et nous nous sommes installés pour la nuit. Hélas, le sommeil m'a fuie. J'étais trop inquiète pour dormir. Profitant de ce que mes compagnons ronflaient, je me suis approchée de la fenêtre. Seule la lueur de la lune éclairait les ruelles qui offraient un tableau sinistre. Il ne s'est pas écoulé longtemps avant que je n'aperçoive mon premier « crocodile ». En réalité il s'agissait d'un lézard hideux, à l'échine surmontée de piquants. La bête zigzaguait d'une maison à l'autre, inspectant le dessous des escaliers dans l'espoir d'y surprendre un sans-abri dont elle pourrait faire son repas. Quand elle est passée sous notre fenêtre, la chair de poule m'a hérissé la nuque car son regard a rencontré le mien. Quand j'ai ôté mes lunettes, le monstre a disparu. La rue m'a semblé vide. Je savais pourtant qu'il était là. Pour en avoir le cœur net, j'ai de nouveau posé les verres magique sur mon nez... le crocodile était bien là.

Un peu plus tard, un cri a déchiré les ténèbres et j'ai compris qu'un malheureux venait de terminer ses jours entre les mâchoires du monstre.

Voilà donc le sort que la ville invisible réservait à ceux qui ne pouvaient s'offrir la protection d'un toit !

Une heure plus tard, les lutins ont envahi la cité en rasant les murs. Je les entendais ricaner. Ils étaient nombreux. Une véritable armée ! À petits gestes précis, ils installaient çà et là leurs pièges redoutables. Des boîtes explosives capables de vous arracher les orteils si vous commettiez l'erreur de poser le pied dessus, des tubes lance-aiguilles...

Je me suis surprise à maudire ces créatures suant la méchanceté. Elles avaient repéré ma présence et, de temps à autre, regardaient dans ma direction pour m'adresser d'horribles grimaces.

Une fois les pièges disposés, elles ont disparu en un éclair, comme elles étaient venues. Je suis restée là, frissonnante, dans l'encadrement de la fenêtre, incapable de retourner m'allonger. Un second crocodile remontait la rue principale qu'il balayait à grands coups de queue. Lui aussi a flairé ma présence. Cela a paru l'indisposer, car il s'est rué sur la porte de l'auberge qu'il a essayé d'enfoncer à coups de tête.

— Ne crains rien, a chuchoté tout à coup Toddy contre ma tempe. Il n'arrivera pas à entrer. Le battant est blindé.

Ses mains brûlantes se sont posées sur mes épaules. Je ne l'avais pas entendu approcher. Je savais ce que cela signifiait.

— Tu es sur le point de te changer en ours, n'est-ce pas ? ai-je murmuré sans le regarder.

— Oui, a-t-il avoué. Je n'y peux rien, c'est à cause des menaces qui rôdent au-dehors. Mon organisme réagit en se préparant au combat, et pour cela il me donne les meilleures armes. Mais ne crains rien, ça ne fonctionne plus aussi bien qu'avant. La plupart du temps, ça ne dépasse pas la phase des griffes et des yeux jaunes. Je crois que mon pouvoir finira par disparaître.

Ses doigts me brûlaient la peau, et ses ongles, devenus trop pointus, m'écorchaient. Je me suis dégagée de son étreinte. En fait, je ne suis pas attirée par les monstres et je n'ai jamais compris les filles qui rêvent de devenir la petite amie d'un vampire. Ma vie est déjà bien assez compliquée comme ça !

Le crocodile s'acharnait, faisant trembler les murs.

Quand il s'est enfin éloigné, j'ai cherché le lit à tâtons et m'y suis allongée. Je me suis dépêchée de fermer les yeux.

Une mauvaise surprise m'attendait le lendemain matin. En m'approchant de la fenêtre, j'ai constaté que le Traqueur campait toujours à la lisière de la forêt. Assis en tailleur, plus immobile qu'une statue de fer, il scrutait le marécage à travers les fentes de son heaume.

– Il sent que nous sommes là, a grommelé Kanzo en frappant nerveusement le plancher avec sa queue. Il a de l'instinct. Il attend que nous sortions de notre cachette.

– Pas de panique ! est intervenu Toddy. Au bout d'un moment il se lassera, c'est inévitable.

– J'en suis moins sûre que toi, ai-je soupiré. Ce n'est pas un être humain, il ne fonctionne pas comme les gens normaux. Je crois au contraire qu'il pourrait rester comme ça dix ans d'affilée.

Quelqu'un a frappé à la porte, nous faisant tressaillir. C'était le « réceptionniste » déguisé en Robin des Bois qui venait encaisser la location des lunettes.

Dita, la bouche pincée, a dû mettre la main au porte-monnaie. Il m'a semblé que nos piécettes d'étain filaient à une vitesse alarmante.

– À ce train-là, a grommelé Kanzo, on sera bientôt à la rue.

Je partageais son avis.

Au terme d'une brève discussion, nous sommes convenus de ne pas déjeuner à l'auberge afin de faire des économies.

À la perspective de manger dans la rue, « comme les gens du peuple », Dita a fait la grimace.

– Il est possible que le Traqueur ait deviné que nous nous cachons à l'intérieur de la ville invisible, ai-je énoncé. Le temps joue en sa faveur, il va attendre que notre bourse soit vide. Il faut donc tenir le plus longtemps possible pour lasser sa patience.

– C'est bien joli, a sifflé Dita, mais quand nous n'aurons plus de quoi payer l'auberge ni la location des lunettes, nous devrons vivre dans la rue comme des aveugles. Nous marcherons sur les pièges et les crocodiles nous dévoreront.

Elle disait vrai : privés de lunettes, il nous faudrait avancer à tâtons, sans jamais savoir si, à la prochaine enjambée, nous n'allions pas tomber dans une fosse garnie d'épieux.

– J'ai réfléchi à ça, a déclaré Toddy. Je pense qu'il faut dès aujourd'hui explorer la ville, en dresser la carte.

– D'accord, a admis Dita, ce n'est pas bête. Mais ça ne change rien en ce qui concerne les pièges et les lézards géants !

– Nous devons dénicher un abri, en hauteur, a insisté Toddy. Une cache facile à défendre et où nous pourrons nous barricader. Ça doit exister.

– N'oubliez pas que j'ai du flair ! a lancé Kanzo. Je pense être capable de renifler l'approche d'un crocodile au moins trois minutes à l'avance. Quant aux pièges, ils sont probablement imprégnés par l'odeur des lutins. Cela aussi, je peux le flairer.

J'avais l'impression que nous tentions de nous rassurer à peu de frais et que ces vantardises reposaient en grande partie sur du vent, mais je ne voulais pas désespérer mes compagnons, aussi ai-je feint de m'enthousiasmer pour ce plan de bataille.

Le ventre tiraillé par des crampes d'estomac dues à la faim, nous avons quitté l'auberge pour nous lancer à la découverte de la cité. Mis à part qu'elle était invisible à ceux qui la regardaient du dehors, la ville n'avait rien d'exceptionnel. On y trouvait les mêmes boutiques que partout ailleurs. La seule chose qui changeait, c'était la présence de cadavres à demi-dévorés par les crocodiles au coin des rues. Tout cela ne constituait pas un spectacle réjouissant, je vous l'accorde.

J'ai pris conscience du nombre important de miséreux recroquevillés sous les arcades et les porches et j'ai pensé que, d'ici trois jours, nous viendrions grossir leurs rangs. Tous ces réfugiés, n'ayant plus un sou en poche, essayaient de survivre sans l'aide des lunettes magiques, et manifestement cela n'avait rien de facile.

Certains d'entre eux mendiaient, mais sans le moindre succès. Beaucoup étaient blessés.

— Voilà ce qui nous attend ! s'est lamentée Dita. Nous n'aurions jamais dû venir ici.

— Inutile de pleurnicher, a grogné Toddy. Essayons plutôt de dénicher une cachette, de cette façon nous serons moins vulnérables que ces pauvres gars quand il nous faudra restituer les lorgnons magiques.

J'appréciais son efficacité et son sang-froid. L'esprit de l'ours semblait avoir développé en lui un instinct combatif qui nous servait à merveille. Rien ne l'effrayait et il envisageait sans trembler d'affronter les lézards du marécage. Le sang du garou avait fait de lui un guerrier.

Nous avons passé la journée à arpenter rues et ruelles, places et arcades, en reportant chaque fois des repères sur la carte que nous élaborions au fur et à mesure. L'idée de Toddy était excellente, elle nous permettrait de ne pas tourner en rond.

Nous avons fait une brève pause aux alentours de midi pour déjeuner d'une miche de pain et d'un saucisson achetés à prix d'or dans une épicerie de la ville haute. Ce repas trop frugal n'a réussi qu'à aviver notre appétit.

— Les gens d'ici s'enrichissent sur le dos des fuyards dans notre genre, a grogné Kanzo. Je suppose qu'ils cachent sous leur lit des cassettes remplies de pièces d'or. Quelles canailles !

Enfin, alors que le soleil se couchait, nous avons découvert une tourelle à demi effondrée au sommet d'un escalier jouxtant le rempart nord. Toddy s'est empressé de l'explorer. Trois squelettes démantelés nous y attendaient.

— Ça empeste comme l'enfer, a déclaré Toddy, mais la situation est idéale ; en cas de besoin, on s'y réfugiera. Les crocos ne peuvent y accéder qu'en empruntant l'escalier, et comme il est très étroit, ils seront forcés d'avancer en file indienne. Nous pourrons les repousser facilement. Il ne faut pas se faire d'illusions : même si j'arrive à me changer en ours, la métamorphose ne sera pas durable. Au bout de dix minutes, je reprendrai forme humaine. Il faut en tenir compte et prévoir des armes... des bâtons taillés en pointe ou des barres de fer.

— Oui, ai-je renchéri. Et nous pourrons utiliser les bâtons comme des cannes, pour tâter le terrain et déceler la présence des pièges lorsque nous nous déplacerons dans les rues !

— D'accord, a soupiré Dita qui ne paraissait guère rassurée pour autant. Mais le soleil se couche, et je vous propose de dormir à l'auberge cette nuit encore.

— Oui, a admis Toddy. Nous ne sommes pas prêts. Demain il faudra accumuler des armes et de la nourriture. Après, nous n'aurons plus de quoi payer la location des lunettes.

La gorge nouée, nous avons repris le chemin de l'auberge. En apprenant que nous ne comptions pas dîner, le maître des lieux est entré dans une vive colère, pestant contre « les avares qui conduisaient le petit commerce à la ruine ! »

J'ai cru que Toddy allait lui arracher la tête. Je l'ai pris par la main avant que ses yeux ne deviennent jaunes et que ses ongles ne se changent en griffes.

Nous nous sommes entassés dans la chambre pour passer une bien mauvaise nuit.

J'ai tenté de me rassurer en me répétant qu'au lever du soleil le Traqueur serait peut-être parti, qui sait ?

# Veillée d'armes

Hélas, le lendemain matin, en sentinelle obstinée et comme j'aurais dû le prévoir, le Traqueur campait toujours en bordure du marécage. Chaque fois qu'il tournait la tête, son heaume produisait un crissement métallique qui me sciait les nerfs.

À peine avions-nous ouvert un œil que le réceptionniste a cogné à la porte pour encaisser la location des lunettes. Cette fois, il était accompagné de deux colosses armés jusqu'aux dents, probablement parce qu'il prévoyait des difficultés. Dita a réglé la facture pour une nouvelle journée, cela afin de faciliter nos préparatifs de défense. Cette dépense supplémentaire a vidé la bourse aux trois quarts. Le réceptionniste nous a jeté un regard méprisant, il savait d'ores et déjà que, faute d'argent, nous serions forcés de restituer les lorgnons dès le lendemain.

J'ai attendu qu'il fiche le camp avant de déclarer :
– Je propose que nous consacrions le reste de l'argent à l'achat de provisions. Vous avez compris que demain matin, à la première heure, l'aubergiste nous flanquera dehors et qu'on nous confisquera les lunettes ?

– C'est clair, a grogné Toddy. On doit dès maintenant se préparer à rejoindre la cohorte des sans-abri que les crocodiles dévorent chaque nuit. Ne perdons pas notre temps ici, allons nous installer dans la tourelle que nous avons visitée hier.

Nous avons quitté l'auberge sous l'œil venimeux du patron. Sans perdre une minute, nous avons couru de boutique en boutique pour faire provision de nourriture. Les prix étaient affolants, à croire que les commerçants les augmentaient chaque matin ! Même en achetant ce qu'il y avait de moins cher, le contenu de la bourse filait à une rapidité effrayante.

– C'est à peine mieux que de la pâtée pour chiens, mais il faudra s'en contenter, a grommelé Toddy.

– Qu'est-ce que tu as contre la pâtée pour chiens ? s'est exclamé Kanzo. Tu n'auras qu'à me refiler ta part si ça ne te convient pas.

Nous avons porté nos « victuailles » dans la tourelle que nous avons en partie déblayée, de manière à ménager un espace où nous pourrions nous étendre. Toddy a insisté pour que nous bouchions les meurtrières au moyen de pierres détachées des parois.

– Il ne faut pas que les lézards puissent nous prendre à revers, a-t-il expliqué. Rappelez-vous qu'à partir de demain soir, nous ne les verrons plus. Il va falloir se battre contre des fantômes.

– C'est idiot ! a soudain glapi Dita. Ça ne sert à rien ! Nous allons tous mourir ! Les lézards vont nous encercler et nous ne prendrons conscience de leur présence qu'au moment où leurs crocs s'enfonceront dans notre chair !

— Pas d'accord ! a protesté Kanzo. On les sentira venir. Ils empestent la viande pourrie.

— Tu crois que ça me rassure, stupide animal ? a hurlé la fée en éclatant en sanglots.

Nous étions tous à cran. Je n'étais pas loin de penser comme Dita mais j'essayais de me convaincre du contraire.

— D'accord, a soufflé Toddy. On fait une pause. Dita va rester ici avec Kanzo pour veiller sur nos provisions. Je vais explorer les environs avec Lina pour voir s'il est possible de récupérer de quoi allumer un feu à l'entrée de la tour. Si nous réussissons, les crocodiles se tiendront à l'écart.

Nous avons longé la muraille, ramassant les morceaux de bois qui traînaient çà et là : vieilles caisses, cageots... Par bonheur, une charrette démantelée nous a fourni de bonnes planches que nous nous sommes empressés de transporter dans notre repère.

— Je ne te mentirai pas, a tout à coup soupiré Toddy. Ça va être dur de les repousser. Même si je me change en ours, ce ne sera que temporaire, et de toute manière je ne ferais pas le poids contre une bande de crocodiles affamés. Notre seule chance, c'est l'escalier. Il est étroit, ils ne pourront s'y engager qu'un par un. Si l'on réussit à tuer le premier qui pointera le museau, les autres le dévoreront, ça calmera leur appétit.

— Ce qui me fait peur, ai-je avoué, c'est qu'on ne les verra pas. Ils seront là, autour de nous sans que l'on puisse savoir ce qu'ils font...

Toddy m'a prise dans ses bras et serrée contre lui. Ça m'a fait du bien, j'en avais besoin. Ses yeux jaunes m'effrayaient moins à présent, et j'étais presque heureuse de sentir l'odeur de sa fourrure. Néanmoins je ne me faisais pas d'illusions, je savais que les lézards n'auraient pas peur de lui. Le nombre jouait en leur faveur.

— Il faudrait que le Traqueur se lasse et fiche le camp, a soupiré Toddy. Dans le cas contraire, nous survivrons peut-être à une première nuit de combat, mais sûrement pas à la deuxième. Et si l'un de nous est blessé, l'odeur de son sang attirera tous les sauriens du marécage. Nous nous retrouverons assiégés par des dizaines de crocodiles.

Je savais qu'il avait raison mais je me suis bouché les oreilles. Je ne voulais pas entendre ça.

— Pas un mot à Dita, bien sûr, a conclu Toddy. Elle piquerait une crise de nerfs. Kanzo sait à quoi s'en tenir. Il luttera jusqu'au bout, même s'il sait d'ores et déjà que la bataille est perdue d'avance.

Nous avons passé le reste de la journée à organiser notre défense, à répéter les gestes qu'il nous faudrait accomplir le moment venu.

Alors que le jour baissait, Dita a vidé le contenu de la bourse sur les dalles.

— C'est fichu, a constaté Kanzo. On ne pourra pas se payer une nouvelle nuit d'auberge. Je crois que nous allons inaugurer notre nouveau logis plus tôt que prévu, mes amis !

La gorge serrée, nous nous sommes installés du mieux possible à l'intérieur de la tourelle.

— Le côté positif, a fait observer Toddy, c'est que nous disposerons des lunettes jusqu'au lever du soleil, cela nous facilitera les choses. Je vous propose d'essayer de dormir dès maintenant, en prévision de la nuit qui s'annonce. Je vais m'installer à l'entrée de la tourelle pour monter la garde. S'il y a du danger, je vous réveillerai.

J'étais épuisée. Je me suis étendue sur les dalles froides, persuadée que je n'arriverais pas à fermer l'œil tant j'étais sur les nerfs, mais je me suis endormie au bout de deux minutes, fauchée par la fatigue.

Puis Toddy m'a secouée et j'ai ouvert les yeux. Il faisait nuit. Les lanternes allumées aux coins des rues éclairaient faiblement le paysage de la ville déserte. Tous les volets étaient fermés, les portes, cadenassées. Le vent m'a arraché un frisson. Dita se tenait recroquevillée dans une niche de la muraille, très pâle. Kanzo et Toddy montaient la garde au seuil de la tourelle, près du tas de bois qu'il faudrait s'empresser d'enflammer si les lézards faisaient mine de s'engager dans l'escalier menant jusqu'à notre retraite.

Pour le moment tout était calme.

— Ça ne va pas durer, a grommelé Kanzo. Ils vont sortir du marécage pour marauder dans les ruelles.

— Regardez ! a fait Toddy. Pour échapper aux crocodiles, certains sans-abri grimpent sur le toit des maisons.

J'ai regardé dans la direction qu'il indiquait. C'était vrai. Quatre hommes en haillons essayaient d'escalader une gouttière afin de se mettre hors de portée des redoutables sauriens. Affaiblis par le jeûne, ils manquaient toutefois de la force musculaire nécessaire pour mener à bien leur projet. Deux d'entre eux ont lâché prise et sont retombés dans la rue.

Pendant l'heure qui a suivi, nous sommes restés silencieux, aux aguets, serrés les uns contre les autres.

D'abord les lutins ont jailli de nulle part, ricanant et chuchotant. Ils rasaient les murs, innombrables, s'activant avec une redoutable efficacité pour disposer leurs pièges. Dès qu'ils se sont retirés, le premier crocodile a surgi à l'angle de la rue principale sur ses pattes courtes et tordues. Il claquait des mâchoires et sondait l'obscurité, à la recherche d'une proie.

En entendant ce bruit si particulier, Dita a poussé un gémissement de terreur.

Toddy lui a fait signe de se taire. Le saurien s'est éloigné sans nous voir.

Les heures se sont écoulées très lentement, les fausses alertes se succédant. La peur remplaçant le soulagement dès qu'une nouvelle menace pointait le bout de son horrible museau.

L'oreille tendue, je guettais le raclement des griffes sur les pavés, ce raclement qui trahissait l'approche des lézards. Parfois, le vent nous apportait leur odeur de chair corrompue, et la nausée me chavirait l'estomac.

Quand l'aube s'est levée, nous étions tous à bout de forces, n'en revenant pas d'être encore en vie.

Comme s'il tenait à gâcher notre joie, le réceptionniste s'est présenté pour nous confisquer les lunettes magiques. Il était bien sûr accompagné de ses gardes du corps.

– Je vois que vous vous êtes arrangé un joli petit nid, a-t-il ricané. Ne criez pas victoire top tôt. Ce n'est pas un hasard si les crocos vous ont laissés en paix cette nuit. Cela fait partie de leur stratégie de chasse. Ils ne s'en prennent jamais aux proies en pleine forme, ils attendent que la fatigue et la malnutrition fassent leur œuvre. Quand ils sentiront que vous êtes affaiblis, ils passeront à l'attaque.

– Vous êtes une belle canaille ! ai-je craché, folle de rage.

– Tout doux, ma jolie ! s'est esclaffé le réceptionniste. Je trouve au contraire que je suis fort arrangeant. Si j'étais réellement méchant, je vous chasserais de cette ville pour défaut de paiement et vous devriez vous expliquer séance tenante avec le géant en armure qui campe sous nos remparts. Au lieu de cela, je vous accorde l'asile gratis. De quoi vous plaignez-vous ? Vous êtes libres de séjourner dans nos murs le temps qu'il vous plaira, et sans débourser un sou ! Que peut-on rêver de mieux ?

— Jusqu'à ce qu'un lézard nous dévore, oui ! ai-je lancé.

— Cela, c'est une autre histoire, a éludé l'homme en s'éloignant, nos lunettes à la main.

— Laisse tomber, a soupiré Toddy en me saisissant par le poignet, ça ne sert à rien.

Dita s'est roulée en boule.

— J'ai trop peur ! a-t-elle pleurniché.

Je n'étais pas loin de l'imiter mais je me suis retenue. Le plus terrifiant, c'était encore la présence du Traqueur, assis au bord du marécage. Il m'a semblé qu'il n'aurait qu'à tendre le bras pour m'attraper.

— Est-ce qu'il me voit ? ai-je balbutié.

— Mais non, a fait Toddy. La magie de la ville invisible nous enveloppe et nous protège. Le Traqueur ne peut rien voir de ce qui se cache au cœur de l'enceinte. D'où il se tient, il ne distingue que le marécage... Mais il flaire peut-être notre odeur, ou bien le vent lui apporte l'écho de nos voix. C'est pour cela qu'il ne s'en va pas. Il attend que nous réapparaissions.

— J'ai l'impression qu'il est encore plus grand qu'hier.

— Moi aussi. Il se nourrit de sa colère. Il s'irrite de nous savoir là sans pouvoir nous attraper. Il est déjà aussi haut qu'un arbre. Si nous devions l'affronter, nous n'aurions aucune chance d'en sortir vivants.

— Assez bavardé, est intervenu Kanzo. Il faut manger et dormir. La prochaine nuit sera moins paisible.

Maintenant que les sauriens ont pris la mesure de nos défenses, ils vont s'organiser, planifier leur assaut.

– Tu les crois capables d'élaborer une stratégie ? s'est étonné Toddy.

– Bien sûr, a grogné Kanzo. J'ai perçu les échos de leurs pensées. Ils sont beaucoup moins bêtes que tu ne l'imagines ! Ce sont des chasseurs nés.

Nous avons mangé sans appétit et sans cesser pour autant d'examiner le paysage autour de nous. Les citadins allaient et venaient le long des rues, comme si de rien n'était, sans nous accorder un regard.

– Ils ne nous viendront pas en aide, n'est-ce pas ? a demandé Dita.

– Non, a grondé Toddy. Il ne faut rien attendre d'eux. Ce sont des profiteurs sans scrupules. Ils ignorent la pitié. La ville magique les enrichit chaque jour un peu plus. Il ne se passe pas une heure sans qu'un fuyard ne vienne leur demander asile. Dès que la bourse du pauvre gars est vide, ils l'abandonnent à son sort... ou plutôt aux crocodiles ! Nous ne pouvons compter que sur nous-mêmes. À condition de se serrer les coudes, nous aurons peut-être une chance de nous en sortir.

Le repas achevé, Dita et moi avons dormi pendant que Toddy et Kanzo montaient la garde. Au bout de trois heures, nous avons inversé les rôles.

Comme nous le pressentions, la deuxième nuit a été beaucoup plus terrifiante, car nous ne pouvions compter que sur nos oreilles et le flair du kangourou pour deviner l'approche des grands lézards. « Cliquetis de griffes sur les pavés, odeur de chair corrompue »… voilà à quoi se résumaient les indications dont nous disposions.

Nous avons allumé le feu, jeté des brandons enflammés dans l'escalier… Brandissant nos bâtons taillés en pointe, nous frappions le vide, au hasard, là où nous pensions que se tenaient nos agresseurs invisibles. C'était comme de se battre contre une armée de fantômes. Seule l'odeur du sang nous avertissait que nous avions fait mouche.

Une nuit d'enfer et de terreur.

À dix reprises, j'ai cru que nous allions succomber. Heureusement, Toddy avait vu juste. Une fois que nous avons réussi à tuer un crocodile, les autres se sont disputé sa dépouille, oubliant notre existence. Quand l'aube s'est levée, nous nous sommes effondrés, en sueur, hagards et couverts d'estafilades. D'ores et déjà persuadés qu'aucun de nous ne survivrait à une nouvelle nuit de combat.

# À consommer avec modération

Je me sentais sale, malade et désespérée. Mes vêtements étaient en loques et les vilaines griffures que m'avaient infligées les lézards suppuraient déjà. La fièvre des marais me faisait bourdonner les oreilles. Bref, je m'estimais mal partie.

– Ces sales bestioles ont brisé la moitié de nos épieux, a constaté Toddy, il serait urgent d'en tailler d'autres.

– Avec quoi ? a hurlé Dita. Tu vois du bois quelque part ? Tu veux que j'explore la ville pour en trouver ?

Je l'ai prise par les épaules pour la calmer. Elle était à bout de nerfs. Elle avait beau se montrer souvent capricieuse et méprisante, elle s'était vaillamment comportée. Pas une seconde elle n'avait cherché à prendre la fuite, mieux : elle avait lutté au coude-à-coude avec ses compagnons d'infortune, sans jamais rompre la ligne de front. Je dois avouer qu'elle remontait dans mon estime.

– Je vais y aller, ai-je soufflé à l'intention de Toddy. Kanzo m'aidera. Il doit rester des débris de cette charrette que nous avons trouvée l'autre jour.

Précédée du kangourou, je suis sortie de la tourelle pour descendre lentement l'escalier menant à la rue.

— Sacrée nuit, hein ? m'a lancé Kanzo quand nous nous sommes retrouvés seuls. Pas sûr que nous leur tenions la dragée haute lors de la prochaine rencontre...

Il parlait en connaissance de cause, car il avait failli être coupé en deux à trois reprises par les mâchoires d'un saurien invisible.

— C'est grâce à toi que nous sommes en vie, n'est-ce pas ? ai-je murmuré. Tu es intervenu télépathiquement sur le cerveau des crocodiles... je l'ai senti.

— C'est vrai, a soupiré le kangourou. Je les ai bombardés d'ondes de frayeur pour leur faire croire que nous étions des monstres gigantesques et invincibles. C'est pour cela qu'ils ne se sont pas donnés à fond. Mais j'ai la cervelle prête à exploser. Je ne pourrai pas recommencer ce soir, alors ils vont nous voir tels que nous sommes réellement.

— En tout cas merci. Sans toi, je ne donnais pas cher de notre peau.

— Pas de quoi pavoiser. Je n'ai fait que nous accorder un bref sursis. J'ai la tête en marmelade, si j'insiste, la fumée me sortira par les oreilles.

J'allais lui poser une question quand mon attention a été attirée par une scène étrange. Quelqu'un courait dans l'une des ruelles voisines. Je n'arrivais pas à distinguer ses traits, mais il m'a semblé qu'il ne portait pas de vêtements. Il courait nu, décrivant des zigzags, et sa peau était d'un rose invraisemblable, comme jamais je n'en avais vu.

Plus il se rapprochait, plus son allure me paraissait étrange. Il titubait, se cognant aux murs. Ses jambes semblaient ne plus le porter. Tout à coup, son visage m'est apparu en pleine lumière et j'ai poussé un cri de stupeur. Il ne comportait ni yeux, ni bouche, et pas davantage de nez ! *Il était totalement vide...*

L'étrange créature a soudain perdu l'équilibre et s'est effondrée sur le sol, où elle est restée inanimée.

– Waouh ! a hoqueté Kanzo. C'est quoi ce truc ?

Et il a trottiné vers la chose immobile pour la flairer.

– Trop bizarre ! a-t-il aussitôt décrété. Ce bonhomme sent la guimauve. Regarde, il est tout mou ! Ce n'est pas un être humain.

Je me suis agenouillée pour tâter la créature du bout de l'index. J'ai eu effectivement l'impression de toucher un gigantesque pantin de guimauve. Ça n'avait aucun sens. Mais je n'ai pas eu le temps d'y réfléchir car le bonhomme a commencé à perdre ses formes pour se changer en flaque rosâtre.

– Reculez ! a tonné une voix dans mon dos. Ce Résidu m'appartient !

Regardant par-dessus mon épaule j'ai alors aperçu un grand vieillard à barbe grise, vêtu d'une robe noire brodée d'étoiles d'argent comme en portent les sorciers (depuis qu'ils vont au cinéma !). Il avait les sourcils très fournis et de longs cheveux noués en queue-de-cheval.

– Reculez ! a-t-il répété. Ne vous avisez pas de le manger. J'ai l'exclusivité de l'exploitation des Résidus dans l'enceinte de la cité.

Je me suis relevée. J'ai alors vu que le vieil homme était équipé d'une pelle et d'un sac. À l'aide de l'outil, il a adroitement transvasé la flaque de guimauve dans le sac.

Après m'avoir examinée de la tête aux pieds, il s'est adouci.

– Ah ! je te reconnais, a-t-il lâché. Tu fais partie de ces réfugiés qui campent dans la tourelle nord. Vous vous êtes bien battus hier soir, mais les lézards vous auront à l'usure. Je me présente, Zandor Alzadorak, maître confiseur et sorcier. Je recycle les Résidus. Mais je me fais vieux, et j'ai de plus en plus de mal à les rattraper quand ils essayent de s'enfuir. J'aurais besoin d'aide. Ça ne t'intéresserait pas, par hasard ? J'engage aussi tes amis, bien sûr. Je ne vous verserai aucun salaire – il ne faut pas rêver ! – mais vous aurez le droit de manger autant de bonbons que vous voudrez. De plus, je vous équiperai de lunettes anti-croco, je vous logerai dans mon atelier et vous aurez le statut de citoyens à part entière. Qu'est-ce que tu en dis ?

– Je... je ne sais pas... ai-je balbutié. Ça paraît intéressant.

– En tout cas, a ricané le sorcier, c'est toujours mieux que de se faire dévorer par les crocodiles, ce qui va vous arriver dès la tombée de la nuit, tu peux me croire sur parole !

J'hésitais. Le personnage ne m'inspirait guère confiance, car sous ses airs de grand-père se dessinait une indéniable tendance à la méchanceté.

— Tiens, a-t-il lancé en me tendant un sifflet de cuivre. Quand tu auras fini de réfléchir, souffle dans cet engin. Je viendrai te chercher. Mais décide-toi avant le coucher du soleil, ensuite il sera trop tard. Inutile de m'appeler si les lézards vous ont déjà mâchonné un bras ou une jambe. J'ai besoin de serviteurs en bonne santé.

Sur ce, il m'a tourné le dos et s'en est allé en traînant son sac rempli de guimauve.

— Drôle de bonhomme, a grommelé Kanzo. Il ne m'inspire pas confiance.

— À moi non plus, ai-je avoué, mais nous ne sommes pas en mesure de faire les difficiles. J'ai bien peur qu'il ait raison en ce qui concerne la nuit prochaine.

— Il dit qu'il est confiseur, soit... mais avec quoi fabrique-t-il ses bonbons ? C'était quoi cette créature de guimauve qui essayait de lui échapper ?

Je n'en avais pas la moindre idée, mais le temps pressait.

— Rejoignons les autres, ai-je décidé, il faut les mettre au courant.

Sitôt revenue au refuge, j'ai exposé à mes compagnons la proposition du sorcier. Dita a fait la grimace.

— Il faudra se nourrir de sucreries ? a-t-elle gémi. Mais c'est affreux, nous allons horriblement grossir ! Une fée se doit de rester mince ! Et puis tu as pensé aux caries ?

— Tu préfères sans doute que les crocos grossissent en te dévorant ? a ricané Kanzo.

— Je crois que nous n'avons guère le choix, a capitulé Toddy. Inutile de jouer les héros. Il faut accepter. Cela nous assurera le gîte et la table pendant un moment. S'il nous équipe de lunettes magiques, nous deviendrons libres de nos mouvements, cela nous permettra peut-être de quitter ce guêpier.

Nous nous sommes rassemblés au pied de la tourelle et j'ai utilisé le sifflet de cuivre pour prévenir le sorcier que nous acceptions son offre.

Il est apparu au bout d'un quart d'heure et nous a examinés l'un après l'autre d'un œil critique. En arrivant devant Toddy, il a grimacé.

— Ah ! un ours-garou, c'est contrariant. Tu vas me flanquer des poils partout. Les bonbons pleins de cheveux, personne n'aime ça !

— Je ne me transforme pas en ours à tout bout de champ, a protesté Toddy. Je sais me contrôler.

— Hum ! a fait le vieillard d'un ton dubitatif. J'en doute, mais en tant que garou, tu es un bon pisteur et tu cours vite. Tu n'auras aucun mal à rattraper les Résidus qui tentent de s'enfuir. Ce n'est pas à négliger. Pareil pour le kangourou. Avec son flair, il pourra détecter ceux qui se cachent. Et comme il est capable de bonds prodigieux, il fera un formidable traqueur. D'accord, c'est dit, je vous engage tous les quatre. Suivez-moi. Une fois dans mon atelier je vous expliquerai de quoi il retourne.

Nous lui avons emboîté le pas sans être certains d'avoir pris la bonne décision.

Après avoir fait mille détours au cœur du labyrinthe des ruelles, Zandor Alzadorak a enfin tiré une clef de sa poche pour déverrouiller une porte qui s'est ouverte en grinçant.

Une fois le seuil franchi, il a sorti d'un sac quatre paire de lunettes.

– Mettez ça, a-t-il ordonné. Je suppose que vous en avez assez de trembler à l'approche des crocos ! Cela scellera notre accord.

Nous nous trouvions dans une crypte d'aspect sinistre, éclairée par des lampes à huile.

– Vous êtes dans mon laboratoire, a expliqué le sorcier. C'est ici que je fabrique les bonbons miraculeux que je vends dans tout le royaume.

J'ai froncé les sourcils en apercevant, dans un coin, plusieurs cages grillagées au sein desquelles croupissaient six hommes-guimauve en pleine liquéfaction. Si trois d'entre eux avaient encore vaguement forme humaine, les autres s'étaient changés en grosses boules rosâtres d'où montait un violent parfum de vanille.

Alzadorak a dû percevoir ma réticence car il a déclaré :

— Ne vous laissez surtout pas attendrir par le spectacle de ces créatures. Leur conscience est chargée de crimes ; il serait malvenu de les prendre en pitié.

— Elles n'ont pourtant pas l'air méchant... ai-je protesté.

— Sous leur forme présente, non, a concédé le sorcier. Mais il y a encore trois mois, elles n'auraient pas hésité une seconde à t'égorger.

— Et pourquoi cela ? a lancé Toddy avec impatience.

— Ces « choses » étaient des êtres humains, a grogné le vieillard. Des hommes de la pire espèce. Des assassins en fuite. Des brigands, des pirates, des tyrans... Des voleurs qui, après s'être approprié mille richesses, ont trouvé refuge ici, dans la ville invisible, pour échapper à leurs poursuivants. Leur tête ayant été mise à prix, il leur fallait coûte que coûte se faire oublier dans un refuge sûr, et y demeurer assez longtemps pour que la justice renonce à les poursuivre.

— Oh ! je commence à comprendre, ai-je murmuré. Ils ont débarqué les poches pleines, traînant des coffres remplis d'or, aussi n'ont-ils eu aucun mal à payer les loyers exorbitants que l'on réclame ici.

— C'est cela même, jeune fille. Ils ont loué de magnifiques appartements, commandé les meilleures nourritures, les vins les plus rares, et se sont adonnés au farniente comme des coqs en pâte.

— Combien de temps ?
— Deux ans, trois ou quatre pour les plus anciens locataires. Mais il y avait quelque chose que l'on avait oublié de leur signaler. Un petit désagrément. Oh ! presque rien, mais que l'on surnomme ici la « dissolution ».

Je n'ai pas aimé l'étincelle de joie mauvaise qui s'est allumée dans ses yeux, et j'ai compris qu'il nous faudrait rester sur nos gardes tant que nous serions sous ses ordres.
— C'est quoi, la « dissolution » ? a aboyé Kanzo.
— Un effet secondaire de l'invisibilité, a répondu doctement le sorcier. Seuls les étrangers en sont affectés. Les natifs de la cité n'en souffrent pas. Je vous épargnerai les explications scientifiques, disons que les gens venus du dehors ne peuvent s'exposer très longtemps aux effets de la magie sans subir un choc en retour. Au bout d'un certain temps, leur chair se transforme. Leurs os, leur peau, leurs muscles, leurs organes se métamorphosent en une pâte rosâtre qui évoque la guimauve. Leurs pensées s'effacent, ils deviennent d'étranges pantins animés par une énergie élémentaire. Ils ne parlent plus, ne pensent plus. Et plus le temps passe, plus ils se dissolvent. Ils deviennent ce que nous appelons ici des « Résidus ».
Pendant tout ce discours, je n'avais cessé de scruter les créatures molles vautrées au fond des cages.

— Mais qu'en faites-vous ? ai-je demandé. Pourquoi les capturer si elles sont inoffensives ?

— Parce que la pâte qui les compose est savoureuse, a énoncé Alzadorak avec une malice sournoise. En matière de confiserie, on ne fait rien de mieux. Quand ces « choses » ont enfin perdu toute apparence humaine, je les étale au rouleau à pâtisserie et je les découpe en morceaux, comme des berlingots ou des caramels.

— Quoi ? avons-nous hurlé en chœur.

— Allons, ne jouez pas les effarouchés ! a grommelé le sorcier. Puisque je vous dis qu'il s'agit de guimauve, il n'y a pas à s'alarmer. Cette pâte est succulente. Quand on commence à y goûter, on ne peut plus s'arrêter. Ça devient une drogue. Le chocolat, à côté, c'est de la crotte de chien.

Afin de couper court à nos récriminations, ils nous a priés de nous approcher de l'établi où s'étalait un ruban de guimauve long de deux mètres. On avait commencé à le découper en triangles, à la manière de ces bonbons nommés berlingots.

— Eh ! a fait Kanzo, j'en goûterais bien un, pour me rendre compte...

— Bien sûr, a fait le sorcier, servez-vous ! N'hésitez pas. Si vous acceptez de travailler pour moi, vous pourrez vous gaver en toute liberté, ne l'oubliez pas. C'est un privilège que beaucoup vous envieraient car je vends ces friandises à prix d'or dans tout le royaume.

— Les gens payent réellement des fortunes pour de simples bonbons ? ai-je insisté sans chercher à masquer ma méfiance. Ne racontez pas d'histoires, je suis certaine qu'il y a autre chose.

— Tu es loin d'être bête pour une gamine de ton âge ! s'est esclaffé le sorcier. Je te le concède, il y a bien un autre... *ingrédient* qui justifie le prix de ces bonbons.

— Quel est-il ?

— *La vie*. Une dose d'énergie vitale qui prolonge de plusieurs mois l'existence de celui qui l'absorbe. Ainsi, en avalant la totalité d'un paquet de ces délicieuses guimauves, on peut augmenter son espérance de vie de trois ou quatre années ! À condition d'en manger régulièrement, on peut même devenir immortel. Cela justifie la dépense, non ?

J'en suis restée éberluée.

— Je n'invente rien, a martelé Alzadorak. J'en consomme moi-même depuis près de trente ans, et quel âge croyez-vous que j'ai ?

— Soixante-quinze ans ? ai-je risqué.

— Trois cent douze ! s'est exclamé l'horrible vieillard d'une voix caquetante. L'énergie vitale des Résidus reste prisonnière de la guimauve. Elle ne s'évapore pas, mieux : elle devient transmissible ! Vous comprenez à présent pourquoi j'ai plus de clients que je n'en puis fournir ?

— Et vous voulez nous nourrir avec ces trucs ? a fait Toddy. Mais j'y pense, quand nous serons devenus à notre tour des Résidus, vous nous débiterez en petits morceaux ?

— Ça n'arrivera pas avant plusieurs années, a grommelé Alzadorak en essayant de dissimuler sa gêne. Vous m'aurez quitté d'ici là. Le danger reste insignifiant si l'on ne cède pas à la gourmandise. Il ne faut surtout pas que vous deveniez dépendants de ces sucreries. C'est ce qui s'est produit avec ceux qui vous ont précédés. Quand je leur ai dit qu'il était temps pour eux de quitter la ville invisible, ils ont refusé. C'étaient des étrangers, comme vous. Ils étaient là depuis trop longtemps, leurs chairs commençaient à se ramollir. Je les ai suppliés de partir, mais ils n'ont rien voulu entendre. Ils ne pouvaient plus se passer des bonbons. C'était devenu une drogue. Or, à l'extérieur, ils n'auraient jamais pu s'offrir un tel luxe. Je n'ai rien pu faire pour ralentir leur métamorphose.

Le sorcier a poussé un long soupir, versé deux larmes de crocodile avant de conclure :

— Trois bonbons par jour suffiront à vous maintenir en pleine forme. Vous n'éprouverez aucune fatigue, c'est à peine s'il vous faudra dormir une heure de temps à autre. Vos forces seront décuplées, vos capacités physiques également. Ne dépassez jamais cette dose ! Quand vos doigts commenceront à devenir mous, il sera temps de partir. Dès que vous serez sortis de la ville invisible, le mal cessera d'empirer. Je ne chercherai pas à vous retenir. Je serai même le premier à vous demander de vous en aller. Je ne suis pas un monstre, que diable !

— En quoi consistera notre travail ? s'est enquis Toddy.

— En premier lieu à traquer et capturer les Résidus. Il y en a beaucoup en ville. Pour cela, vous devrez rendre visite aux plus anciens locataires de la cité, principalement ceux qui ne sortent plus de leur appartement. Une fois la matière première récupérée, vous la transporterez ici, afin de la passer au laminoir puis de la découper. Ensuite, il faudra l'emballer. Je me charge des livraisons. Grâce à mes pouvoirs, je puis rendre ma charrette invisible et voyager dans tout le royaume sans avoir à redouter d'être attaqué par les brigands. Ma clientèle est riche, j'ai mes entrées dans les palais, à la cour royale. Tous les grands de ce monde achètent mes friandises sans lésiner sur le prix. Quand je reviens, le chariot croule sous les pièces d'or.

Bombant le torse avec arrogance, il nous a lancé :

— Alors, acceptez-vous ce travail ? Décidez-vous rapidement, il ne faudrait surtout pas faire attendre vos amis les crocodiles dont j'entends claquer les mâchoires du côté des remparts !

## Les chasseurs

Voilà donc comment, bon gré mal gré, nous sommes entrés au service de Zandor Alzadorak, confiseur et sorcier.
C'était cela ou finir entre les crocs des lézards du marécage.
Aucun de nous n'était enthousiasmé par ce travail, mais il était capital de gagner du temps. Les lunettes magiques nous simplifiaient la vie et nous avions désormais un toit pour nous protéger des dangers de la nuit. Les crocodiles pouvaient bien gratter à la porte, nous nous en fichions !

– Inutile de se sentir coupables, a rapidement décrété Toddy. N'oubliez pas que les Résidus que nous allons capturer sont en réalité des canailles. Des brigands sans pitié, des pirates, des tyrans qui faisaient vivre leurs sujets dans la misère. Bref, des assassins professionnels qui ont cru échapper à la justice en se réfugiant ici. Je ne verserai pas une larme sur eux quand Alzadorak en fera des berlingots !

C'était, certes, une morale un peu facile à mes yeux – une morale de garou ! – mais il faudrait s'en contenter tant qu'il nous serait impossible de quitter le monde de l'invisibilité.

Au demeurant, nous étions bien logés car Alzadorak nous avait octroyé trois chambres situées au-dessus de la crypte-atelier. Ces pièces étaient claires, propres et leurs fenêtres ouvraient sur les toits de la ville. Il nous avait également fourni des vêtements neufs. Il s'était par ailleurs chargé d'informer les autorités locales de notre entrée en fonction. Nous étions désormais des « chasseurs de Résidus » jouissant du droit de perquisition. Personne ne pouvait nous refuser l'accès à son domicile et il nous était permis, le cas échéant, d'enfoncer une porte si nous le jugions nécessaire.

Ce nouveau statut a immédiatement transformé les rapports que nous entretenions jusque-là avec les natifs de la cité. Avec un certain amusement, je me suis aperçue que le réceptionniste et l'aubergiste, avec qui nous avions eu maille à partir, avaient aujourd'hui peur de nous !

C'était drôle ! Chaque fois qu'il m'arrivait de les rencontrer, je feignais d'étudier leur apparence, comme si je détectais en eux de futurs Résidus. C'était idiot, bien sûr, puisqu'ils étaient nés ici, mais ils ne pouvaient s'empêcher de trembler, persuadés que nous allions profiter de nos droits pour les passer au laminoir et les découper en petits carrés de trois centimètres de côté, genre caramel mou.

Parfois, il suffit d'une petite vengeance pour ensoleiller votre journée.

Toddy, lui, s'était lancé dans l'étude des dossiers d'inscription recensant l'arrivée des locataires. Hélas, ils étaient mal tenus et mentionnaient rarement les changements d'adresse.

– Je suis atterré par le nombre de canailles qui se cachent ici, a-t-il déclaré un soir. En réalité la population d'origine, les « natifs » comme ils se nomment eux-mêmes, est assez réduite. Près de soixante-dix pour cent des habitants sont des fuyards ayant emménagé les poches pleines d'or. Certains sont installés depuis vingt ans, changeant sans cesse d'adresse afin de brouiller les pistes. Il y a probablement beaucoup de Résidus parmi eux. Et, à ce que l'on raconte, tous ne sont pas inoffensifs. Un employé de la mairie m'a affirmé que certains étaient encore capables de se défendre et n'hésitaient pas à tuer les chasseurs lancés à leurs trousses. Il faudra se montrer prudents lors de nos futures perquisitions.

Je le répète, cette besogne de chasseur de prime ne m'emballait guère. Toddy, en garou habitué à pister sa proie, n'était pas loin de céder à la griserie. C'est en cela que nous différions, lui et moi, et qu'il me mettait parfois mal à l'aise. Kanzo lui ressemblait : la traque l'excitait, car elle lui permettait de bondir au long des rues et il avait hâte de s'y mettre. Quant à Dita, elle ne participait pas à nos préparatifs. Je n'ai pas tardé à découvrir qu'elle se gavait de guimauve magique en cachette.

— Sois prudente ! ai-je cru bon de lui rappeler. Tu sais ce qu'a dit le sorcier. Tu vas devenir accro et, lorsque le moment de plier bagage arrivera, tu refuseras de quitter la confiserie !

— Fiche-moi la paix ! a-t-elle répliqué. Cette énergie me fait un bien fou. Regarde comme mes cheveux brillent ! On dirait de l'or ! Je suis plus belle qu'avant. Mes dents ressemblent à des perles... J'ai enfin réellement l'air d'une fée, après toutes ces années ! Je suis à présent d'une beauté surhumaine !

J'ai cru qu'elle perdait la tête mais, en l'examinant, j'ai constaté qu'elle n'exagérait pas. Elle était effectivement beaucoup plus jolie qu'une semaine auparavant.

— Et je n'ai pas pris un gramme ! a-t-elle conclu. C'est génial, non ? Et moi qui croyais qu'il n'existait rien de meilleur que le chocolat ! Je peux le proclamer aujourd'hui à la face du monde, le cacao, ça craint !

Elle était si survoltée que j'ai soudain eu peur qu'elle ne m'explose à la figure tel un ballon de baudruche.

Quand elle se promenait dans la ville, les garçons se retournaient sur son passage, les yeux hors de la tête en bredouillant des mots sans suite, brutalement frappés d'idiotie.

Les premiers jours, la seule idée de me nourrir de guimauve me flanquait la nausée, mais la faim grandissait en moi et mon estomac protestait en produisant des gargouillis peu élégants. Il a bien fallu me résoudre à grignoter l'un des carrés rosâtres que le sorcier laissait à notre disposition. À peine l'avais-je émietté sur ma langue que sa saveur m'a étourdie. C'était... *succulent* ! Un vrai délice ! Je n'avais jamais rien goûté de tel, la tête m'en tournait et j'ai eu l'impression qu'en battant des bras, j'aurais pu m'envoler dans les airs.

J'ai aussitôt compris que le piège résidait en cette saveur inimitable. Il était facile d'en devenir esclave au point de ne plus pouvoir s'en passer.

J'en ai parlé avec Kanzo.

— En ce qui me concerne, a-t-il déclaré, je ne suis pas enthousiasmé par le goût ; mais c'est normal, je suis un kangourou. Cela dit, je dois admettre que ces fichus bonbons m'ont rajeuni de dix ans, et les crocs que j'avais perdus ont repoussé ! C'est trop top !

De ce point de vue, j'étais comme lui. L'épuisement qui m'accablait avait disparu par magie et mes cheveux avaient poussé de dix centimètres en une nuit. Ils étaient devenus si brillants que je pouvais presque me dispenser d'allumer ma lampe de chevet pour lire le soir dans mon lit !

Alzadorak nous a rappelés à l'ordre en précisant que ces prodiges n'étaient pas le plus important.

— Ne nourrissez aucune illusion, a-t-il martelé, vous allez avoir besoin de ce surcroît d'énergie pour capturer les Résidus, car ils ne se laisseront pas faire. Ne vous imaginez surtout pas que ce sont de pauvres créatures sans défense, vous commettriez une grave erreur.

Il n'exagérait pas, et nous allions l'apprendre à nos dépens.

Il a bien fallu se mettre en chasse. Toddy ne cachait plus son excitation, quant au kangourou, il flairait la piste avec ardeur. Je les ai suivis sans enthousiasme. Dita, elle, a préféré se promener sur les boulevards afin de se faire admirer. De toute évidence, elle adorait jouer les stars et ne se lassait pas de faire tourner les têtes.

J'ai découvert que la ville était un labyrinthe de petites rues où le soleil n'entrait jamais. Nous avons commencé à rendre visite aux plus anciens réfugiés afin de vérifier leur état physique. Hélas, il nous a fallu déchanter : la plupart des adresses étaient périmées. Les fuyards avaient déménagé en prenant soin d'user de faux noms.

— C'est signe qu'ils souffrent de dissolution, a diagnostiqué Toddy. Ils essayent de brouiller les pistes.

Nous allions de boutique en boutique, afin d'interroger les commerçants sur leur clientèle : *Avaient-ils repéré quelque chose de suspect ? Un individu dont la peau, trop rose, évoquait la guimauve ?*

— J'ai bien étudié le manuel rédigé par Alzadorak, nous a expliqué Toddy. Quand un fuyard exposé depuis trop longtemps aux méfaits de l'invisibilité commence à souffrir de dissolution, son visage se modifie. Ses yeux, son nez, sa bouche s'effacent. Si bien que sa tête se change en une boule rose, aussi anonyme qu'un œuf. Pour dissimuler cette anomalie, les Résidus utilisent des subterfuges, ils portent des chapeaux, des lunettes noires, des cache-nez. C'est ce genre de personnages qu'il convient de localiser.

Je n'appréciais pas le zèle dont Toddy faisait preuve. L'esprit du grizzly le dominait chaque jour un peu plus, avivant en lui le désir de la traque.

Le sorcier, lui, s'impatientait, car nous tardions à lui ramener la matière première nécessaire aux confiseries, et les commandes affluaient de tous les coins du royaume. Il ne voulait pas courir le risque de se retrouver en rupture de stock.

Finalement, Toddy a fini par remonter la piste d'un certain Albéric Zornar, ancien pirate célèbre pour ses pillages et ses crimes. Après avoir écumé les océans, poursuivi à la fois par la police et ses propres complices qu'il avait filoutés, il avait cherché refuge dans l'enceinte de la ville invisible dans l'espoir qu'on l'oublierait.

— Il a débarqué il y a dix ans, a énoncé Toddy en consultant ses fiches. Avec pour bagages trois coffres remplis d'or et de pierres précieuses. Il a vécu largement pendant les cinq premières années, faisant bombance dans les meilleures auberges, mais depuis quelque temps, on ne le voit plus guère et je crois qu'il se cache ici, rue de la Lune-Rousse, sous une fausse identité. On m'a signalé la présence d'un individu manifestement déguisé, et s'exprimant par geste, comme le font les Résidus dès qu'ils n'ont plus de bouche. Je pense qu'il serait judicieux de lui rendre visite.

Nous nous sommes donc transportés rue de la Lune-Rousse, une impasse noirâtre où galopaient des rats. Tout de suite, Kanzo a relevé le museau en décrétant :

— *Ça sent la guimauve*. Au dernier étage, sous les toits, c'est là qu'il se cache. Attention, je détecte des ondes de colère. Il a beau être en train de se dissoudre, ça reste quelqu'un de violent.

— Allons, s'est impatienté Toddy, il est déjà trop ramolli pour nous faire du mal.

Il avait hâte de passer à l'action, ses yeux devenaient jaunes et ses cheveux sentaient la fourrure mouillée. J'aurais voulu l'exhorter à la prudence mais ça n'aurait servi à rien. Il est entré dans la bicoque qui empestait le moisi. On n'y voyait rien et l'escalier était rempli de toiles d'araignées. Les marches vermoulues grinçaient à chacun de nos pas. En matière de discrétion, on faisait mieux !

Toddy a pris la direction des opérations. Il allait en tête, brandissant déjà le pied-de-biche qui allait lui permettre de forcer la porte du pirate. J'ai lutté contre un mauvais pressentiment.

— Attention ! a soudain chuchoté Kanzo. Je renifle une odeur de lutins ! Ils sont passés par ici, sans doute pour déposer des pièges.

— Mais oui ! ai-je renchéri. C'est comme ça que les Résidus se défendent : *ils s'entourent de pièges achetés aux farfadets.*

— Cessez de jouer les poules mouillées ! a sifflé Toddy. Ce type n'est qu'une grosse poupée de guimauve, il ne nous fera pas grand mal.

Au même moment, la marche sur laquelle il posait le pied a pivoté tandis qu'un piège à loup se refermait sur son mollet, entaillant la chair jusqu'à l'os. J'ai voulu l'aider mais il m'a repoussée. Serrant les dents, il a entrepris d'écarter lui-même les mâchoires du piège. Le sang coulait en abondance, j'ai improvisé un garrot avec mon écharpe.

— Il nous attendait ! a rugi Toddy entre ses dents. Il va me le payer !

Et, sans plus s'occuper de sa blessure, il a clopiné jusqu'au sommet de l'escalier. Kanzo et moi-même l'avons suivi avec circonspection. Je savais les lutins capables des pires inventions. Je m'attendais presque à ce que la rampe soit en réalité un serpent géant recouvert de peinture !

– Tu es en état d'arrestation, crapule ! a hurlé Toddy en attaquant la porte du logement avec son levier. Je t'avertis que tu n'as pas intérêt à résister !

La colère lui faisait oublier la douleur et la prudence la plus élémentaire. La serrure a capitulé avec un craquement.

– Attention ! ai-je crié à la seconde où le battant pivotait sur ses gonds.

J'avais en effet eu le temps d'entrevoir, posé sur le plancher, l'un de ces tubes lanceurs d'aiguilles que les lutins affectionnaient. Toddy venait de l'amorcer en rompant un fil tendu au bas de la porte. J'ai entendu siffler les projectiles avant d'encaisser un coup de poing en pleine poitrine. Hélas, il ne s'agissait pas d'un coup de poing... en réalité, trois fléchettes empoisonnées venaient de se ficher au sommet de mon sternum, une quatrième s'étant enfoncée entre mes sourcils. Le venin m'a foudroyée et j'ai perdu l'équilibre. Avant de m'affaisser, j'ai vu l'homme de guimauve qui s'échappait par la fenêtre. Il était lent et mou, mais dans le cas présent, son élasticité constituait un atout puisqu'elle lui permettait de sauter du quatrième étage sans risquer de se rompre le cou en touchant le sol !

Toddy a voulu le poursuivre, mais sa jambe blessée ne l'a pas soutenu, et il est tombé par terre en se vidant de son sang.

Il m'a regardée. Son visage exprimait l'incrédulité.

– Ce n'est pas possible... a-t-il balbutié. *Nous... nous sommes en train de... mourir ?*

« Ça m'en a tout l'air... » ai-je voulu répondre, mais j'ai perdu connaissance avant d'avoir ouvert la bouche.

J'ai pensé que c'était vraiment stupide de finir de cette façon, après toutes les aventures que nous avions vécues ensemble.

Bon, je ne suis pas morte, vous vous en doutez. Dans le cas contraire, vous ne liriez pas ces lignes !

C'est Kanzo qui m'a réveillée en me léchant la figure. Le poison ne m'avait pas tuée et je n'éprouvais plus aucun malaise. J'ai arraché les fléchettes sans ressentir la moindre douleur. Quand je me suis agenouillée près de Toddy, j'ai constaté que la blessure cisaillant son mollet s'était déjà refermée.

– C'est grâce aux bonbons, a diagnostiqué Kanzo. Voilà donc les fameux pouvoirs mentionnés par le sorcier. Chaque bout de guimauve vous donne droit à une vie de rechange. Vous auriez dû mourir, mais la friandise que vous avez mangée ce matin vous a sauvés. Attention cependant ! Vous avez utilisé votre joker, à partir de maintenant vous redevenez de simples mortels. Ne prenez aucun risque avant d'avoir avalé un nouveau bonbon !

Toddy est revenu à lui. Dégrisé, il s'est frictionné la tête.

– Bon d'accord, a-t-il soupiré d'un air penaud. Ce n'était pas aussi facile que je le croyais. Je suppose que le pirate a fichu le camp ?

– Oui, a confirmé Kanzo. Il a sauté dans la rue du haut du toit, et il a rebondi comme un ressort. J'ai trouvé qu'il courait sacrément vite pour une boule de gomme.

Quand nous avons regagné l'atelier, Alzadorak nous a accueillis avec colère.
– Ah ! s'est-il exclamé, voilà nos superhéros de retour ! Bredouilles à ce que je vois ! Il va vous falloir faire mieux que ça, mes petits amis, si vous voulez continuer à travailler pour moi. Je vous avais pourtant prévenus : tous les Résidus ne sont pas inoffensifs. Ils se dissolvent, soit, mais leur énergie demeure intacte, et tant qu'ils sont encore capables de bouger, ils se défendent ! Que cela vous serve de leçon !

Dès le lendemain, la traque a repris. Cette fois, je me sentais moins disposée à l'indulgence. Le coup des aiguilles empoisonnées m'avait refroidie.
Avant de nous mettre en chasse, nous avons pris soin d'ingurgiter notre confiserie quotidienne. Ce « joker », comme disait Kanzo, cette vie de rechange qui pourrait s'avérer utile au cours des prochaines heures.

Je vous épargnerai le récit détaillé de nos diverses interventions, cela risquerait de devenir ennuyeux, car la plupart ressemblaient à la première. Nous en ressortions rarement indemnes, les Résidus ayant de toute évidence recours aux services des lutins pour piéger leur domicile et s'entourer d'un système de défense plus ou moins perfectionné. Chaque fois que nous franchissions le seuil d'une maison, nous nous attendions au pire. L'attaque pouvait surgir de n'importe où. Parfois c'était le tapis de l'escalier que l'on avait imprégné d'une poudre toxique qui nous dévorait la plante des pieds, à d'autres moments des lames de sabre jaillissaient des marches, ou bien d'énormes guêpes sortaient des crevasses de la muraille.

Heureusement, les confiseries magiques nous protégeaient du pire et nos blessures guérissaient rapidement. Au fil du temps, nous devenions plus habiles et les bonshommes-guimauves s'échappaient moins facilement.

Un jour, cependant, l'une de nos proies – un « gluant » selon la terminologie que Toddy et Kanzo employaient désormais – s'est jetée sur moi pour me serrer contre elle. J'ai eu l'impression d'être emmurée vive dans un tombeau de guimauve. Très vite j'ai suffoqué. Privée d'air, je me suis asphyxiée… et je suis morte. Je le serais restée définitivement si je n'avais pas bénéficié d'une vie de rechange, d'un « joker ».

J'ai découvert que, peu à peu, je m'étais mise à aimer cette existence de traqueurs et que je m'éveillais le matin, excitée à l'idée de me mettre en chasse. Cela ne me ressemblait pas et j'ai commencé à m'en inquiéter.

— J'ai comme dans l'idée que nous sommes en train de perdre les pédales, ai-je confié au kangourou. Tu ne trouves pas que nous nous comportons bizarrement ?

— Pas du tout ! a rétorqué l'animal. Je ne vois pas de quoi tu parles, c'est super d'être immortel !

J'aurais dû m'y attendre, comme Toddy, il avait perdu tout sens critique. Je les avais vus, certains soirs, danser au milieu des flammes d'un feu de camp pour le simple plaisir de regarder leurs brûlures guérir instantanément ! Fallait-il qu'ils soient devenus cinglés, non ? L'immortalité leur mangeait la cervelle ! Je commençais à comprendre pourquoi les superhéros finissaient leurs jours dans la cellule capitonnée d'un asile de fous !

Inquiète, je suis allée trouver Alzadorak pour lui soumettre le problème. Il s'est contenté de hausser les épaules.

— Oui, a-t-il admis. Ça fait partie des effets secondaires. La griserie du pouvoir finit par vous chambouler l'esprit. Je me rappelle que l'un de mes serviteurs se tranchait la main gauche chaque matin pour le seul plaisir de la voir repousser. Ça le faisait rire aux larmes. Soit ça passe, soit ça empire, c'est selon les individus. En ce qui te concerne, ça a l'air d'aller, tu as encore la tête sur les épaules.

— Est-ce que les gens à qui vous vendez vos confiseries ont les mêmes symptômes ?

— Oui, c'est d'ailleurs pour ça que le monde va si mal.

À partir de ce jour, j'ai réfléchi à la manière dont nous pourrions sortir de ce mauvais pas avant qu'il soit trop tard. Dans un premier temps, j'ai imaginé d'avaler une grosse quantité de guimauve et de quitter la ville sous le nez du Traqueur planté au seuil du marécage. Que pourrait-il me faire puisque je serais devenue immortelle pour une durée de vingt-quatre heures ?

S'il m'arrachait bras et jambes, je guérirais dès qu'il aurait tourné le dos. Oui... cela semblait une bonne solution ; j'hésitais toutefois à la mettre en pratique. Je ne devais pas oublier que notre ennemi n'était pas le premier venu. Il était lui-même investi de formidables pouvoirs, et comment avoir la certitude que sa magie ne triompherait pas de celle d'Alzadorak ?

Si c'était le cas, mon pauvre « joker » ne pèserait pas lourd dans la balance, et si le chevalier de fer m'arrachait bras et jambes, je risquais fort de rester dans ce triste état jusqu'à ce que mort s'ensuive... définitivement cette fois !

J'ai pris Kanzo à part pour essayer de le raisonner.

– Il faut quitter la ville sans tarder, ai-je martelé. Nous sommes en train de changer. Bientôt nous aurons oublié qui nous étions. Nous deviendrons des traqueurs sans scrupules. Des tueurs. Tu ne le sens pas ? Cette excitation de la chasse, c'est quelque chose de mauvais... C'est le revers de l'invincibilité, le prix à payer pour n'être jamais vaincus. Nous ne verrons pas le temps passer, et un beau jour, nous commencerons nous-mêmes à nous changer en Résidus. Alors le sorcier engagera d'autres traqueurs pour nous capturer et nous connaîtrons le sort de ceux que nous pourchassions lorsque nous avions encore forme humaine. C'est un cercle vicieux dont seul Alzadorak bénéficie. Peux-tu comprendre cela ?

Kanzo a baissé le museau.

– Oui, a-t-il marmonné. J'y pense parfois. Tu as raison, ça ne peut plus durer, mais ce sera un vrai crève-cœur de renoncer aux bonbons, on se sent tellement vivant grâce à eux.

– Je sais, ai-je soupiré. En outre, si l'on sort de la ville, il faudra tromper la vigilance du Traqueur, lui filer entre les pattes sans qu'il s'en aperçoive.

– Et comment comptes-tu réussir ce prodige puisqu'il ne dort jamais ?

– Aucune idée. Mais il faut y réfléchir. Imaginer une ruse.

Dès lors, je me suis creusé la tête pour trouver un plan d'évasion. J'étais de plus en plus persuadée qu'Alzadorak nous mentait. Il ne faut pas se faire d'illusions, la plupart des sorciers sont fourbes et manipulateurs. Ne croyez pas ceux qui prétendent le contraire. Sorcier, c'est un sale métier, et ceux qui le pratiquent sont rarement animés de bonnes intentions.

J'ai profité de ce que nos enquêtes de voisinage nous mettaient en contact avec les natifs de la cité pour me renseigner, mine de rien, sur les habitudes de notre patron. Bien évidemment, ceux qui avaient peur de lui m'en ont dit le plus grand bien, mais certains le détestaient, et ceux-là ne se sont pas privés de répondre à mes questions.

– Tu travailles pour ce vieux grigou ? m'a lancé le jeune commis d'un marchand de vins. Fais gaffe, ma jolie ! Ses serviteurs ont tendance à disparaître du jour au lendemain, sans qu'on sache où ils sont passés.

– Vraiment ? ai-je feint de m'étonner.

– Ouais ! a renchéri le garçon. Ils ne lui font pas beaucoup d'usage. Je n'en ai jamais vu, en tout cas, qui restent chez lui plus d'un mois. Ça se passe chaque fois de la même façon, ils s'évaporent et une nouvelle équipe les remplace... jusqu'à ce qu'elle s'évapore à son tour, et ainsi de suite. À ta place, je me méfierais.

Je n'ai rien laissé paraître de mes inquiétudes, mais ces révélations confirmaient mes soupçons.

Forte de cet avertissement, j'ai surveillé le sorcier avec plus d'attention. Un jour qu'il s'était absenté, j'ai visité la maison de fond en comble. Dans un réduit se trouvaient entassés les vêtements et les objets personnels de tous ceux qui nous avaient précédés. C'était de ce placard que sortaient les habits que nous portions. Alzadorak s'était contenté de nous refiler les frusques de ses précédents serviteurs.

Examinant les vêtements sous toutes les coutures, j'ai découvert qu'ils étaient poisseux et empestaient la guimauve, comme s'ils avaient été portés par des « gluants ».

– C'est bien ce que je pensais, ai-je dit au kangourou. Si nous ne prenons pas la fuite, notre existence sera brève. Il est probable que les vapeurs de guimauve que nous respirons en permanence hâtent le processus de dissolution. Nous sommes en train de nous intoxiquer sans le savoir. Alzadorak ne craint rien, lui, puisqu'il est né ici. Sa nature de « natif » l'immunise contre les effets secondaires de l'invisibilité.
– Tu veux dire qu'il va attendre que nous devenions des gluants pour nous recycler sous forme de bonbons ?
– C'est évident. Il n'est pas du genre à gâcher la matière première. Écoute, j'ai bien réfléchi, il n'existe qu'un moyen de quitter la ville sans tomber dans les pattes du Traqueur.
– Ah oui ? Et lequel ?
– Le sorcier a bien dit qu'il partait livrer sa cargaison de bonbons une fois par mois, non ? Il la charge sur une charrette et parcourt le royaume pour vendre ses confiseries aux riches bourgeois, aux princes, aux rois… Il s'est vanté de ne pas craindre les voleurs de grands chemins grâce à un charme d'invisibilité dont il enveloppait son chariot.

— Oui, je m'en souviens !
— C'est cela, la solution. Il faut trouver le moyen de grimper dans le chariot à son insu et de faire le voyage au milieu des caisses de sucreries. De cette manière, il nous fera sortir de la ville et nous transportera loin d'ici sans que le Traqueur nous repère. Grâce au sortilège d'invisibilité, nous passerons sous son nez à son insu.

Kanzo a hoché la tête d'un air circonspect.

— Ouais, a-t-il grogné. En théorie ça paraît génial, mais j'ai vu la charrette dont tu parles. Elle est garée dans un box, près de la sortie de l'atelier. Elle n'est pas très grande et il sera difficile de s'y cacher. Surtout si Alzadorak la remplit de boîtes de bonbons.

— On pourrait se dissimuler dans les coffrets de guimauve, non ?

— Tu rigoles ? ils sont tout petits. Ils se présentent sous la forme de cassettes de vingt centimètres de côté. Tu crois que tu pourras tenir dans un espace aussi étroit ? Tu as beau être souple, je doute que tu sois capable de te replier suffisamment sur toi-même pour y entrer, ou alors...

— *Ou alors il faudrait que nous puissions rapetisser !* ai-je complété.

— Tu parles sérieusement ?

— Mais oui ! Réfléchis ! Nous travaillons chez un sorcier. Il y a bien, quelque part, un livre de formules magiques où nous pourrions dénicher une incantation qui réduirait notre taille à quelques centimètres.

De cette façon, nous pourrions nous glisser dans une boîte de bonbons. Nous resterions cachés sous cette forme le temps du voyage.

— Ça pourrait marcher, oui... à condition d'entrer en possession de la formule qui convient. Et puis, il va falloir décider Toddy et Dita à nous suivre. Ce ne sera pas facile. J'ai l'impression qu'ils s'éclatent grave, chacun à sa manière, et n'ont aucune intention de quitter la ville.

Je n'y avais pas pensé, mais c'était un vrai problème. Toddy se prenait désormais pour un seigneur de guerre et Dita, pour la reine des fées. Ces deux rôles comblaient à merveille leurs attentes respectives, j'allais avoir bien du mal à les ramener sur terre.

Comme il fallait s'y attendre, Dita a répondu à ma proposition par un refus irrévocable.

— Je suis heureuse ici, a-t-elle déclaré. Tous les garçons de la ville sont amoureux de moi, ils rampent à mes pieds et se battent pour obéir au moindre de mes caprices. C'est une existence de rêve. Pour rien au monde je ne reviendrais en arrière, j'ai passé trop de temps à l'orphelinat, j'ai le droit de profiter un peu de la vie, non ?

J'ai essayé d'attirer son attention sur le danger de la dissolution, mais elle a haussé les épaules.

— Je n'y crois pas une minute, a-t-elle lancé. En fait, tu es jalouse de mon succès. Tu as peur que ton Toddy tombe amoureux de moi ! Ne crains rien, pas question que j'embrasse un ours ! Déjà que je déteste les barbus !

J'ai renoncé. Sa décision était prise, elle n'en démordrait pas. Elle ne vivait plus que pour se voir belle dans le regard des autres. J'ai eu peur qu'en insistant je ne provoque sa colère et qu'elle nous dénonce au sorcier.

Toddy, lui, a tempêté, maugréé, mais a fini par admettre que mes craintes n'étaient pas sans fondements.

– Tu as sûrement raison, a-t-il soupiré. Mon instinct de garou me hurle aux oreilles de ne pas faire confiance à Alzadorak. Le bonhomme sue la traîtrise par tous les pores de sa peau. Je me suis laissé emporter... c'était tellement bien d'être immortel !

Il a promis de diminuer sa consommation de guimauve et de ne plus prendre de risques inutiles. J'ai failli lui demander s'il était effectivement tombé amoureux de Dita, mais je n'ai pas osé.

De toute manière, j'avais d'autres préoccupations. Il me fallait à présent mettre la main sur le fameux recueil de formules magiques qui constitue l'outil de base des sorciers. Cela s'explique par le fait que les formules magiques et les rituels nécessaires à cette activité sont si compliqués que personne n'est capable de s'en souvenir en totalité. Or, la moindre erreur peut déclencher une catastrophe, c'est la raison pour laquelle les magiciens passent leur temps à réviser leurs leçons tous les soirs, comme s'ils se préparaient à passer le bac !

Généralement, le recueil d'incantations a l'aspect d'un énorme bouquin poussiéreux, parfois relié en peau humaine, ou bien en cuir de dragon. Parfois, seul le sorcier peut le feuilleter, et si une main étrangère tente de l'ouvrir, il reste obstinément fermé. J'ai vu, une fois, un grimoire autour duquel un serpent venimeux était enroulé à la façon d'un élastique... et un autre dont la couverture se hérissait de piquants empoisonnés si un profane s'avisait d'y toucher ! Tout ça pour vous dire que j'espérais ne pas tomber sur l'un de ces spécimens !

Mais la chance était de mon côté, et j'ai fini par dénicher le livre en question dans le bureau d'Alzadorak. Il trônait sur un lutrin et ressemblait à n'importe quel gros dictionnaire aux pages graisseuses. J'en ai déduit que notre employeur n'était pas un sorcier très puissant et qu'il se contentait d'user de tours élémentaires utiles à son commerce de friandises.

Je ne pouvais, hélas, le consulter que lorsque notre maître travaillait dans l'atelier à la confection des berlingots magiques. Les doigts tremblants, je feuilletais les pages jaunies à la recherche d'une formule susceptible de résoudre nos problèmes. Il m'a fallu un certain temps pour trouver quelque chose d'acceptable.

Dès que j'ai pu m'isoler en compagnie du kangourou et de Toddy, j'ai expliqué :

— J'ai recopié une formule. C'est un charme de compression/décompression. Quand on la prononce, on est aussitôt miniaturisé en lilliputien de dix centimètres. Il y a toutefois un problème : *cet état ne dure que six heures.* Passé ce délai, on est automatiquement « décompressé » et l'on reprend sa taille normale en deux secondes. On n'a le choix ni du moment ni du lieu.

— C'est embêtant, a grogné Toddy. Qu'arrive-t-il si lors de la décompression on se trouve enfermé dans une petite boîte métallique, par exemple ?

— C'est simple, on remplit tout l'espace disponible et on meurt étouffé. Tu penses à un truc en particulier ?

— Oui. Alzadorak entasse les bonbons dans des cassettes d'acier dont le couvercle est soudé pour décourager les voleurs. Si nous nous décompressons à l'intérieur d'une boîte de ce genre, nous sommes fichus.

— Il faudrait trouver une autre cachette, a proposé Kanzo.

— Laquelle ? ai-je demandé. Vous connaissez Alzadorak, il est horriblement méfiant ! Je suppose qu'avant de prendre la route, il procède à mille vérifications. Le seul endroit où il ne regarde pas, c'est à l'intérieur des cassettes de bonbons qui sont soudées !

— Je suis d'accord avec toi, a approuvé Toddy. L'unique moyen pour nous d'être du voyage, c'est de se miniaturiser et de se cacher dans l'une des boîtes, sous la couche de guimauve, avant qu'Alzadorak ne pose le couvercle.

— Exact, a approuvé Kanzo. Je l'ai observé. Il vérifie que les coffrets sont remplis à ras bord, il les soude, puis il les charge lui-même sur la charrette. Ensuite, il les compte et les recompte pour s'assurer qu'il n'en manque pas. C'est une obsession. Il se relève parfois la nuit pour vérifier le chargement encore et encore.

— Je suis désolée, ai-je soupiré, je n'ai pas trouvé de formule plus pratique. Certaines font trente pages et sont rédigées dans une langue si bizarre que l'on ne s'en souviendra jamais. Et puis le temps pressait, j'avais peur qu'Alzadorak ne me prenne la main dans le sac...

— Ne t'en fais pas, a lâché Toddy. On se débrouillera. Avec un peu chance, la boîte où nous serons cachés sera livrée à son acheteur avant que les six heures ne soient écoulées. Je suis prêt à parier qu'elle sera ouverte sur-le-champ, tant la gourmandise de son propriétaire sera forte ; nous en jaillirons alors comme des diables...

Il essayait de me rassurer et je lui en savais gré, mais le danger demeurait réel, et le risque, énorme.

Si nous « décompressions » à l'intérieur du petit cube d'acier contenant les bonbons, nos corps se changeraient en une masse informe et répugnante d'organes et d'ossements déformés par le manque de place. Ces malformations nous tueraient.

— De toute manière on n'a pas le choix, a conclu Kanzo, si on s'attarde ici, la dissolution aura notre peau ! Avec le stratagème imaginé par Lina, on a au moins une petite chance de nous enfuir au nez et à la barbe du Traqueur.

C'était peut-être vrai mais cela nécessiterait une préparation méticuleuse. À la moindre erreur, la méfiance du sorcier s'éveillerait et nous serions en danger.
J'ai consulté le calendrier suspendu dans le bureau du maître confiseur pour connaître la date de la prochaine livraison. J'ai constaté qu'elle aurait lieu dans trois jours, ce qui signifiait qu'Alzadorak prendrait la route au lever du soleil pour effectuer sa tournée habituelle. J'ai vérifié que ma montre fonctionnait encore. Sans elle, impossible de suivre le compte à rebours des heures nous séparant du processus de décompression.
Chaque fois que j'en avais l'occasion, je me glissais dans l'atelier pour étudier les fichues cassettes d'acier qui, si les choses tournaient mal, se changeraient pour nous en minuscules cercueils ! Le sorcier les avait fabriquées dans un alliage magique capable de résister aux pires tentatives d'effraction. Un chalumeau n'aurait pu y percer le plus petit trou.
— Il s'est donné beaucoup de mal pour décourager les voleurs, a constaté Kanzo avec amertume. En fait, ces cassettes sont des coffres-forts. Je suppose que le couvercle est également soudé au moyen d'une formule magique et que seul Alzadorak peut le déverrouiller ?

— Probablement. La décompression ne pourra pas les faire éclater. Les parois résisteront à la poussée interne qui s'exercera au moment où nous reprendrons notre taille normale.

J'ai mesuré la cassette et me suis livrée à un rapide calcul mental. Quand nous serions réduits à la taille d'une allumette, la boîte nous paraîtrait aussi haute qu'une maison de trois étages ! Sans échelle, il nous serait impossible d'y grimper. Il faudrait donc en bricoler une. Une échelle miniature, constituée de petits morceaux de bois. Ça n'allait pas être facile car je n'avais jamais été habile en ce qui concerne les modèles réduits et autres maquettes dont raffolent les garçons.

— Qu'est-ce qu'on fera une fois dans la boîte ? s'est inquiété Kanzo.

— Il faudra se cacher sous la première couche de bonbons, ai-je expliqué, et pour cela se ménager un espace. Creuser une espèce de caverne dans la guimauve. Une fois tassés là-dedans, nous attendrons... en espérant qu'Alzadorak nous aura « livrés » avant que ne se déclenche la décompression. Il est forcé de déverrouiller les cassettes lorsqu'il les remet à ses clients.

Chaque soir, une fois la chasse aux Résidus terminée, je m'escrimais à fabriquer une échelle miniature à base d'allumettes et de bâtonnets. La colle me donnait du souci. Elle ne tenait pas. Dès que l'on exerçait la moindre pression sur les échelons, ils cédaient. Nous avons écumé les boutiques de la ville sans réussir à mettre la main sur une glu convenable.

— Est-ce qu'on ne pourrait tout simplement pas compresser une véritable échelle ? s'est impatienté Toddy.

— Non, ai-je soupiré avec lassitude. La formule ne fonctionne qu'avec les êtres humains. C'est bien là le problème.

— Et si l'on se passait des services d'Alzadorak ?

— Comment cela ?

— On n'a qu'à se miniaturiser et sortir de la ville par nos propres moyens, sur nos pieds ! Nous ne serons plus invisibles, certes, mais si petits que le Traqueur ne pourra pas nous voir. Est-ce qu'un géant remarque les fourmis qui se faufilent entre ses pieds ? Bien sûr que non !

— Primo : je n'en suis pas aussi sûre que toi, secundo : la compression ne dure que six heures. En six heures, étant donné notre taille lilliputienne, nous serons à peine éloignés de la ville invisible d'une vingtaine de mètres quand nous « décompresserons » ! Cela signifie que le phénomène se produira sous le nez du Traqueur !

Mes remarques ont agacé Toddy qui s'est mis à bouder.

Plus le moment du départ approchait, plus ma nervosité grandissait. J'avais peur que Dita devine ce que nous préparions et soit tentée de nous dénoncer au sorcier avec qui elle s'entendait à merveille. Celui-ci envisageait d'ailleurs de lui offrir un emploi de vendeuse dans sa boutique, car elle était si jolie qu'elle attirait énormément de clients. Nous étions donc forcés de redoubler de prudence lorsqu'elle se trouvait dans les parages.

Le jour du départ est enfin arrivé. Il était temps, car j'étais en train de devenir folle d'inquiétude.
La nuit, je faisais des cauchemars au cours desquels je nous voyais « décompressant » à l'intérieur du cube hermétiquement fermé. Faute de place, nos os, nos chairs, nos organes se mélangeaient, donnant naissance à un monstre à six yeux, un tiers fille, un tiers garçon, un tiers kangourou... Une créature immonde qui mourait étouffée dans son linceul de guimauve.

La nuit précédant la livraison, nous n'avons pas fermé l'œil. Afin de justifier notre absence au cas où Alzadorak s'étonnerait de ne pas nous voir, j'ai laissé un message sur son bureau :
*Sommes sur la piste d'une bande de Résidus. Sommes partis les surprendre. Grosse capture en perspective. Souhaitez-nous bonne chance !*

Bon ! le sort en était jeté. Tout allait se jouer au cours des six prochaines heures.
Il fallait profiter de ce que le sorcier et Dita dormaient à poings fermés pour nous miniaturiser. Sur la

pointe des pieds, nous nous sommes glissés dans la réserve où s'entassaient les cassettes de bonbons. La plupart étaient déjà soudées. Il n'en restait qu'une dizaine encore ouvertes. J'ai délicatement posé l'échelle miniature contre l'une d'elles, puis j'ai réglé ma montre sur un compte à rebours de six heures. Enfin, j'ai écarté les bonbons pour nous ménager une cache sous la première couche de friandises.

– Alzadorak va se lever dans trente minutes, ai-je récapitulé. Il descendra aussitôt ici fermer les dernières cassettes, puis chargera le tout sur la charrette et quittera la ville. Disons que cela lui prendra une autre demi-heure. Cela nous laisse cinq heures pour être « livrés » à son premier client. Ça devrait suffire, non ?

En réalité, je n'en savais rien. Le sorcier tenait sa liste de clients secrète. Nous n'avions aucune idée du trajet qu'il accomplissait pour leur rendre visite. Habitaient-ils dans le voisinage ou, au contraire, très loin ?

Je l'ai déjà dit, j'ai horreur de la magie et des transformations physiques. On ne peut jamais prévoir ce qui en résultera et, souvent, la surprise est déplaisante.

– Bon, ai-je soufflé d'une voix tremblante. On y va ? Je vous préviens, il est possible que ce soit douloureux. Dans ce cas, essayez de ne pas crier, inutile de réveiller Alzadorak. Il faut s'agenouiller et se tenir par la main, de manière à former un cercle.

De la main gauche j'ai saisi celle de Toddy, et de la droite, l'une des pattes du kangourou. Toddy a bouclé le cercle magique en m'imitant. Puis j'ai fermé les yeux et récité cinq fois de suite la formule recopiée dans le grimoire du sorcier.

J'ai eu l'impression d'être traversée par une décharge électrique et je me suis mordu les lèvres pour ne pas gémir. Un fourmillement désagréable a parcouru ma peau, comme si des milliers d'insectes me couraient dessus. Et puis… et puis c'est tout. Quand j'ai rouvert les yeux, nous nous tenions toujours à la même place, dans la même position sauf que… sauf que tout ce qui nous entourait était devenu gigantesque ! L'atelier était à présent aussi vaste qu'un pays, et nous avions du mal à en distinguer les limites. Les cassettes métalliques remplies de bonbons nous encerclaient comme autant de forteresses aux remparts d'acier.

J'ai avalé ma salive avec difficulté. Désormais, je mesurais à peine cinq centimètres.

– Ne lambinons pas, a lancé Toddy. Le sorcier va bientôt descendre.

Je me suis avancée vers l'échelle bricolée avec des bouts d'allumettes. J'ai fait une prière pour que la colle ne nous trahisse pas au dernier moment, puis j'ai empoigné le premier barreau.

J'ai soudain réalisé que j'avais mal calculé les proportions et que les barreaux étaient trop gros pour ma main, j'avais du mal à les saisir. Chaque fois que je grimpais d'un échelon, j'entendais le bois gémir de façon menaçante.

Je suis enfin arrivée au sommet. Le bord de la boîte formait une sorte de muret ; je l'ai franchi pour poser le pied sur le « sol » de guimauve. L'odeur, trop puissante, m'a fait tourner la tête. Je n'avais pas pensé à cela. Nous étions désormais si petits que le moindre parfum devenait insupportable. J'ai compris pourquoi les souris repèrent aussi facilement la trace des aliments !

Toddy s'est lancé à l'assaut de l'échelle. Comme il pesait plus lourd que moi, l'un des barreaux s'est brisé et il a failli tomber en arrière. J'ai serré les dents en considérant l'allumette décollée qui gisait au milieu des boîtes. Si Alzadorak l'apercevait, il pourrait être amené à se poser des questions…

Toddy et Kanzo m'ont rejointe. Nous avons alors empoigné l'échelle pour la faire basculer de notre côté. Il fallait l'enfouir sous la guimauve. Se déplacer à la surface des bonbons mous n'était guère facile, car on s'y enfonçait jusqu'à la cheville. C'était comme d'essayer de danser sur des coussins de caoutchouc. L'échelle nous paraissait à présent très lourde. Nous l'avons laissée tomber dans la cachette, où nous sommes descendus à notre tour. Nous avons alors entrepris de nous ensevelir dans la tranchée en repositionnant au-dessus de nos têtes les bonbons de la couche supérieure. J'avais l'impression de construire un igloo avec des cubes de guimauve. L'important, c'était d'échapper au regard d'Alzadorak. L'alignement devait être impeccable afin que le sorcier ne se doute pas que nous étions enterrés sous les friandises.

Toddy a craché un juron car il avait du mal à assembler ce « toit » trop mou.

– Ça ne tient pas ! a-t-il haleté. Ça va s'écrouler. Il faudrait étayer le plafond comme une galerie de mine !

– L'échelle ! a suggéré Kanzo. Cassez les montants de l'échelle pour en faire des poutrelles !

Nous lui avons obéi. Grâce à ces bouts de bois entrecroisés, les bonbons ont enfin accepté de demeurer en place. Il était temps. Un épouvantable vacarme a frappé nos tympans. Alzadorak venait de franchir le seuil de la salle. Le froissement de ses vêtements résonnait à nos oreilles tels les ululements d'un ouragan.

J'ai plaqué mes paumes sur mes tempes. Le bruit était atroce, à vous faire exploser le crâne !

Autour de moi voltigeaient des grains de poussière de la taille d'une orange. Jamais je ne m'étais sentie aussi fragile.

Nous avons été secoués en tous sens, puis, soudain, les ténèbres nous ont enveloppés. Le sorcier venait de souder le couvercle de la cassette, nous plongeant dans l'obscurité. Aux chocs qui nous ont jetés les uns contre les autres, j'ai deviné qu'Alzadorak chargeait les boîtes sur la charrette. Nous allions prendre la route d'une minute à l'autre.

— Il n'y a plus qu'à attendre, a soupiré Toddy.

— Évitons de parler et de bouger, ai-je murmuré, la boîte est tellement remplie qu'il ne reste guère de place pour l'air. Il serait stupide de mourir asphyxié.

Je me suis allongée sur la guimauve en essayant de me relaxer et de discipliner ma respiration.

— Si ça va mal, a suggéré Toddy, on pourra toujours grignoter un morceau de guimauve magique, ça guérit de tout, non ? Même de la mort !

— Impossible, ai-je répliqué. Quand on est « compressé », il est interdit d'avaler quoi que ce soit. C'était précisé dans le grimoire. Si on désobéit, on explose aussitôt. Ne cédez pas à la gourmandise. C'est valable pour tout le monde... et surtout pour Kanzo !

Les vapeurs de sucreries m'engourdissaient et ma diction devenait pâteuse, comme si j'étais ivre. Notre petite taille nous rendait tout particulièrement sensibles aux émanations des confiseries magiques. Ces effluves éveillaient en nous une gourmandise difficile à museler.

Je garde un souvenir confus de ce qui a suivi car, rapidement, je n'ai plus été obsédée que par une seule chose : *me gaver de guimauve...* Au fond de mon esprit, une petite voix me criait de n'en rien faire, mais je ne parvenais pas à me rappeler pourquoi je devais m'en abstenir. Les cahots du voyage nous secouaient aussi efficacement qu'un tremblement de terre. Le chariot avait quitté la ville. Enveloppé d'une bulle d'invisibilité, il était passé sous le nez du Traqueur sans éveiller sa méfiance. À présent, la carriole s'enfonçait au cœur du royaume, allant de châteaux en gentilhommières, s'arrêtant partout là où vivaient des gens assez riches pour s'offrir ce qu'elle contenait.

De temps à autre, surmontant mon vertige, je consultais le cadran lumineux de ma montre afin de vérifier où en était le compte à rebours. Chaque fois, le résultat m'arrachait une grimace. Le temps filait affreusement vite ! Il ne restait plus que trois heures avant que ne s'amorce le processus de décompression.

Quand la charrette s'immobilisait, j'espérais de toutes mes forces que le sorcier allait enfin empoigner la boîte où nous étions cachés, mais son choix ne s'arrêtait jamais sur nous, et il fallait se résoudre à l'écouter bavarder avec ses clients en nous arrachant les cheveux à la pensée des minutes qui s'enfuyaient.

— Il me semble que mes orteils commencent déjà à pousser, gémissait Toddy. Je me sens à l'étroit dans ce sarcophage. Par les dieux ! Il faut que je sorte !

Je m'évertuais à le calmer de peur que ses hurlements ne finissent par attirer l'attention d'Alzadorak.

À partir de la cinquième heure d'enfermement, j'ai ressenti des picotements dans tout le corps. C'était le signe que le processus magique ne tarderait plus à s'inverser.

Quand la charrette s'est de nouveau immobilisée, j'ai serré les mâchoires pour m'empêcher de hurler.

Je n'en pouvais plus, j'étais folle d'angoisse. J'ai failli pleurer de soulagement lorsque le couvercle de la boîte a basculé, nous inondant de lumière. Le coffret avait été déposé sur une table. Le maître des lieux et le sorcier bavardaient sur le seuil de la pièce. Profitant de ce qu'ils ne regardaient pas dans notre direction, nous sommes sortis de notre cachette. Les démangeaisons devenaient insupportables. Hélas, la cassette était encore trop haute pour que nous envisagions de sauter dans le vide. Nous nous serions rompu le cou en heurtant le bois de la table.

Mais il fallait faire vite. Si le seigneur de ce château nous repérait, il n'aurait aucun mal à nous écraser comme des insectes.

– La coupe de fruits, à côté ! a soufflé Toddy. Les grappes de raisin amortiront notre chute comme un matelas pneumatique !

Aucune autre solution ne s'offrant à nous, j'ai enjambé le rebord de la boîte métallique et me suis lancée dans le vide. Les grains de raisin ont éclaté sous mon poids, mais ils ont freiné ma chute et j'ai atterri au fond de la coupe sans me briser un seul os. Toddy et Kanzo m'ont imitée. Presque aussitôt, la décompression nous a rendu notre taille normale, en un éclair.

Par chance, Alzadorak et le seigneur du château n'en ont rien vu car ils se promenaient dans le parc, bras dessus bras dessous en échangeant des plaisanteries.

– Fichons le camp par-derrière ! a proposé Toddy.

Nous avons filé ventre à terre, provoquant l'ébahissement d'une servante qui nous a pris pour des voleurs. Le temps qu'elle donne l'alarme, nous étions déjà loin.

Quand l'intendant a voulu lancer les chiens du domaine à notre poursuite, ceux-ci, terrifiés par l'odeur de grizzly répandue par Toddy, ont refusé de quitter leur niche.

Voilà donc comment nous avons réussi à fuir la ville invisible au nez et à la barbe du Traqueur.

Ce succès nous a fait croire, l'espace d'une journée, que nous étions tirés d'affaire. Quelle naïveté ! Nous n'avions aucune idée du guêpier où nous allions bientôt tomber la tête la première.

# La colère de la forêt

Nous nous étions réjouis trop vite. En effet, le seigneur local avait lancé ses gens à nos trousses. Pourquoi ? Je n'en avais pas la moindre idée. Peut-être considérait-il comme un crime de lèse-majesté le fait que nous nous soyons introduits chez lui ? Les nobles se montrent souvent pointilleux dès qu'il s'agit de leurs privilèges. Je soupçonnais également Alzadorak d'avoir jeté de l'huile sur le feu en découvrant que nous l'avions berné. Sans doute, pour se venger, nous avait-il dépeints sous les traits de redoutables voleurs.

Pour échapper à nos poursuivants, nous n'avions pas d'autre moyen que de regagner la forêt des Sortilèges, ce que nous avons fait la mort dans l'âme, car cela revenait à se jeter une fois de plus dans la gueule du loup.

Nous progressions en silence depuis l'aube quand j'ai soudain remarqué un étrange phénomène. Les feuilles se détachaient des arbres pour voleter dans les airs tels d'immenses papillons verts ; après avoir effectué une promenade de trois minutes, elles regagnaient leurs branches d'origine pour s'y percher.

— Elles se comportent comme des oiseaux, a soufflé Toddy. Vous avez vu ?

— Oui, ai-je répondu sur le même ton. Elles semblent indépendantes. Elles peuvent se décoller et se recoller aux branches à volonté. C'est incroyable !

— On dirait de grandes mains vertes, a grommelé Kanzo. Je n'aime pas trop ça. Elles pourraient bien se mettre en tête de nous étrangler, non ?

— Tais-toi ! ai-je sifflé. Ne leur donne pas de mauvaises idées !

Je n'étais guère rassurée. La forêt n'aimait pas les étrangers, je l'avais appris à mes dépens.

Les feuilles volantes allaient et venaient, flottant au ralenti. Elles effleuraient nos visages, exploraient nos vêtements comme si elles tenaient à s'assurer que nous ne portions pas d'armes.

Cherchaient-elles à nous repousser ?

— Je crois qu'elles essaient de nous faire comprendre que nous ne sommes pas les bienvenus, a constaté Toddy. Elles souhaitent manifestement que nous rebroussions chemin.

— Qu'est-ce qu'on fait ? a demandé Kanzo. On leur obéit ?

— Pas question ! ai-je lancé. N'oublie pas qu'une troupe de soldats nous talonne. Tu veux tomber entre leurs mains ?

— Bien sûr que non !

— Alors on continue. Essayons de sourire pour montrer que nous sommes animés de bonnes intentions.

J'ai levé les mains, paumes ouvertes, ce qui dans toutes les civilisations signifie que l'on vient en paix... du moins je crois. J'ai eu le temps de faire dix pas avant que l'une des feuilles flottantes ne me gifle ! *Paf !* sur la joue droite.

Cela ne m'a pas fait mal, parce que le limbe – quoique aussi large qu'un plat à tarte – manquait de force, mais ça ne m'a pas paru de bon augure.

— D'accord, a soupiré Toddy. Cette fois, on vient de nous signifier sans détour que nous sommes indésirables.

— Je vous propose de faire le dos rond et de traverser cette zone au pas de course, a suggéré Kanzo. Quitte à encaisser quelques gifles jusqu'à la prochaine clairière. Nous avons connu pire, non ?

J'ai baissé la tête et obéi à la suggestion du kangourou. Les feuilles vertes n'ont pas apprécié mon obstination, et certaines ont commencé à me tirer les cheveux. Les nervures de leur limbe fonctionnaient comme les articulations d'une main, leur permettant d'effectuer un grand nombre de mouvements.

Les dents serrées, j'ai continué. Quand elles tentaient de me gifler, je les écartais aussi doucement que possible pour ne pas avoir l'air de chercher la bagarre. Kanzo, cédant à l'irritation, a mordu l'une d'entre elles. Il l'a aussitôt regretté car elle avait un goût épouvantable.

Au bout d'un quart d'heure, elles ont renoncé à toute agression et ont regagné leurs branches d'origine.

— Peut-être leur autonomie de vol ne dépasse-t-elle pas quinze minutes ? a supposé Toddy.

C'était aussi bien, car les joues commençaient à me cuire.

— Je continue à penser qu'elles pourraient se montrer beaucoup plus dangereuses à la tombée de la nuit, a grogné le kangourou. Dès que la lune se lève, la forêt s'abandonne à ses instincts meurtriers, vous n'avez pas remarqué ? Ces feuilles... je les imagine très bien se changeant en grandes mains vertes... *Des mains d'étrangleur...*

Peut-être plaisantait-il, mais je n'en étais pas certaine. Je n'ai pu m'empêcher d'avoir la chair de poule.

De nombreux buissons d'épines nous entouraient. Des mûriers principalement, dont les fruits me mettaient l'eau à la bouche car je mourais de faim. La prudence me soufflait pourtant de ne pas céder à la gourmandise, aussi ai-je pressé le pas.

Tout à coup, j'ai vu l'un des buissons s'arracher tout seul de terre et se mettre à rouler en direction d'un arbre, telle une grosse pelote de fil de fer barbelé. Un autre a suivi à une minute d'intervalle. Cela m'a suffisamment intriguée pour que j'attire l'attention de mes compagnons sur cette anomalie.

— J'ai vu, a chuchoté Toddy. Ils se sont rassemblés au pied de ce chêne...

— Eh ! a crié Kanzo, regardez ! L'arbre a tendu vers eux deux de ses basses branches... il les caresse... Pour les rassurer ? Les buissons ont sans doute peur de nous. Ils se sont pelotonnés à ses pieds comme des chiots peureux. C'est drôle, non ?

Non, je ne trouvais pas ça drôle, car mon instinct me soufflait que le kangourou se trompait.

— Filons d'ici, ai-je lancé, je n'aime pas ça. J'ai un mauvais pressentiment.

— Pourquoi ? s'est étonné Kanzo.

— Je ne sais pas, ai-je avoué. Mais à mon avis, l'arbre ne les caresse pas. Regarde mieux. Il a l'air de... de manier ses branches basses comme des aiguilles à tricoter.

— Nom d'un boomerang ! Tu as raison. Il se sert vraiment du buisson d'épines comme d'une pelote ! Qu'est-ce qu'il fabrique ? Il va nous tricoter une chaussette ?

— Aucune idée, a crié Toddy, mais je suis comme Lina, ça m'inquiète. Fichons le camp !

Le chêne centenaire tricotait vite et ses branches pointues, dépourvues de feuillage, produisaient un clic-clic obsédant. Maille après maille, une forme se dessinait... Une espèce de vêtement comparable à un pyjama d'une seule pièce, ou à une combinaison de pilote ou de mécanicien. Bref, un truc avec des manches et des jambes... Un truc végétal, hérissé d'épines. Et tout à coup, j'ai compris.

— Je sais ! ai-je haleté. *Il tricote un bonhomme d'épines...* un soldat végétal qu'il va lancer à notre poursuite !

Toddy a blêmi.

— Si cette créature nous attrape, ai-je bredouillé, elle nous serrera contre elle pour nous embrocher sur ses piquants ! C'est notre punition pour n'avoir pas rebroussé chemin au premier avertissement. Voilà pourquoi les feuilles nous repoussaient.

Nous avons détalé tandis que l'arbre tricotait de plus belle, visiblement pressé de lancer son guerrier d'épines à nos trousses.

Quand nous nous sommes arrêtés, au bout de cinq minutes, pour reprendre notre souffle, j'ai jeté un coup d'œil en arrière. Une mauvaise surprise m'attendait : le bonhomme de ronces s'était mis en marche ! Il avançait, les bras tendus, comme s'il désirait nous serrer sur son cœur.

— Le pire, a balbutié Toddy, c'est qu'il regorge de sève. On ne peut pas espérer y mettre le feu. Le bois humide ne s'enflamme jamais.

— Pas de panique, a lâché Kanzo. Il n'avance pas bien vite et à mon avis, il va se dessécher rapidement. Quand la dernière goutte de sève aura fini d'irriguer ses brindilles, il s'immobilisera.

— Tu crois ? ai-je fait, incrédule.

— Ouais, a renchéri le kangourou. C'est la sève qui le maintient en vie. La sève magique de la forêt des Sortilèges, mais depuis qu'il s'est coupé de ses racines, il se vide de son liquide vital à chaque pas. D'une certaine manière on pourrait dire qu'il « saigne » et cette hémorragie va le tuer. La chaleur du soleil hâtera sa fin.

— C'est tout de même bizarre, ai-je murmuré. C'est la première fois que la forêt fait preuve d'autant d'hostilité à notre égard.

Mes compagnons ont haussé les épaules, peu convaincus, mais j'avais la certitude d'avoir mis le doigt sur quelque chose d'important.

La forêt avait-elle décidé de partir en guerre contre ceux qui l'avaient envahie ?

Le soldat d'épines nous a poursuivis durant trois bons quarts d'heure, puis a ralenti pour finalement s'immobiliser, à cours de sève tel un moteur en panne d'essence. Nous l'avions distancé assez facilement ; je ne pouvais m'empêcher de trembler à l'idée de ce qui aurait pu arriver si cette curieuse créature nous avait surpris dans notre sommeil. C'était un adversaire avec qui mieux valait ne pas se retrouver coincé dans une impasse, ou dans une pièce dépourvue de fenêtre.

— Voilà autre chose ! a soudain lancé Kanzo au moment où nous débouchions dans une vaste clairière.

J'ai suivi la direction de son regard. Un panneau, planté dans le sol, annonçait :

Danger !
Pelouse d'herbe-épée. Interdite aux humains.
Passage autorisé aux animaux et aux farfadets.

— Manquait plus que ça... a lâché Toddy, gagné par le découragement.

Je me suis approchée de la pancarte. On l'avait plantée à l'orée d'une clairière de forme circulaire et dont le diamètre n'excédait pas trois cents mètres. Un château aux remparts de pierres grises occupait le centre de cet espace. À première vue, aucune sentinelle n'arpentait le chemin de ronde. Peut-être était-il abandonné ? La « pelouse », elle, était d'un beau vert, et ses brins s'agitaient mollement sous le souffle du vent.

— Vous savez en quoi consiste l'herbe-épée, également connue sous le surnom d'« herbe-porc-épic » ? a demandé Kanzo sur le ton qu'emploierait un professeur pour s'adresser à ses élèves. C'est une herbe magique. Dès qu'elle détecte la présence d'un intrus, elle devient dure comme la lame d'une épée et pousse en accéléré, pour jaillir du sol et transpercer son adversaire.

Je savais de quoi il s'agissait. Certains seigneurs en semaient autour de leur château afin de se protéger des visiteurs indésirables. L'herbe-épée jouait le rôle de chien de garde, elle transperçait les pieds de ceux qu'on lui ordonnait de repousser.

– Comment va-t-on faire ? ai-je grogné à la perspective de cette nouvelle épreuve. On ne peut pas courir le risque de dormir dans la forêt, pas avec les bonshommes de ronces ! Si l'on veut camper, il faut s'installer dans ce château. Peut-être qu'en ficelant des morceaux de bois sous la semelle de nos souliers...
– N'y compte pas ! a lancé Kanzo. J'ai déjà vu l'herbe-porc-épic à l'œuvre. Ses brins transpercent n'importe quoi, le bois, le fer... Aucun obstacle ne peut l'empêcher de se hérisser. Vous avez lu l'écriteau : seuls les animaux ont le droit de la piétiner sans danger.
– Je vois où tu veux en venir, a grommelé Toddy. Pas question que je me change en ours. Je vous le répète, je n'ai plus assez d'énergie pour ça. Ma transformation serait instable, je risquerais de redevenir humain au beau milieu de la traversée.
– Moi, je peux me déplacer en sautant, a répondu Kanzo. Je suis un animal, l'herbe-épée ne me cherchera pas noise. Si je n'étais pas aussi fatigué, je pourrais essayer de vous porter sur mon dos, mais dans le cas présent ce serait risqué. Je ne me sens pas capable de jouer les passeurs à deux reprises sur toute la longueur du trajet.
– Alors il ne reste plus qu'à bricoler des échasses, a soupiré Toddy. Les montants de bois nous isoleront de l'herbe.

— Oui, a grogné Kanzo. L'important, c'est que vos pieds ne touchent jamais le sol. L'herbe ne doit pas détecter votre nature humaine, sinon elle se hérissera et vous serez transpercés par un million d'aiguilles.

Nous avons occupé l'heure qui a suivi à fabriquer tant bien que mal deux paires d'échasses qui nous positionneraient, Toddy et moi, à deux mètres cinquante au-dessus du sol. Le plus compliqué était de s'en servir correctement. Par chance, quand j'étais au collège, j'avais participé à des parades et des défilés dans les rues de la ville ; à chacune de ces occasions, je m'étais déguisée en géante au moyen d'une paire d'échasses, ce qui fait que je possède un sens de l'équilibre assez développé. Toddy a vite pigé le truc. Au bout d'une heure, il se débrouillait mieux que moi.

— Bien, a proclamé Kanzo, quand vous aurez fini de faire les clowns, on pourra peut-être y aller ?

J'ai mesuré du regard la distance qui nous séparait de l'entrée du château. Moins de cent mètres... c'était peu sur une simple pelouse, c'était beaucoup sur un tapis d'aiguilles.

Dès que les échasses ont foulé la prairie, les brins d'herbe ont tressailli et se sont agités comme autant de petits tentacules. Ils s'enroulaient également autour des pattes du kangourou, les auscultant, analysant le pelage qui les recouvrait.

— La pelouse s'assure qu'elle n'a pas affaire à des humains, m'a chuchoté Kanzo. J'espère qu'elle me jugera assez bestial pour ne pas m'embrocher sur-le-champ.

Nous avons alors entamé notre lente traversée. Je me suis vite aperçue que j'avais du mal à avancer, car l'herbe ne cessait de s'entortiller autour de mes échasses. Toddy devait affronter le même problème. Ces entraves compromettaient notre stabilité. À tout moment, nous pouvions perdre l'équilibre et dégringoler de notre perchoir.

Kanzo, lui, effectuait de petits sauts en zigzag afin de rester à notre hauteur.

Nous avancions trop lentement. J'avais l'impression que l'herbe flairait la supercherie et tentait de nous pousser à la faute. Ces pattes de bois trottinant à sa surface devaient lui paraître suspectes. Elle se demandait sûrement qui se déplaçait ainsi. S'agissait-il des sabots d'un animal inconnu... *ou d'autre chose ?*

La sueur me perlait aux tempes, nous n'étions qu'à mi-parcours et l'herbe s'agitait avec une nervosité croissante. Il allait m'être difficile de conserver longtemps mon équilibre.

Tout à coup, l'une des échasses s'est dérobée sous mon poids, comme si l'on venait de lui faire un croche-pied.

*J'ai basculé dans le vide.*

L'herbe, qui avait détecté mon odeur d'humaine, a entrepris de se hérisser à l'endroit même où j'allais tomber. Je l'ai vue changer en une pelote d'aiguilles acérées, longues comme mon bras.

Je me croyais déjà morte, percée de part en part, épinglée comme un papillon sur une plaque de liège, quand Kanzo m'a saisie au vol et a bondi dans les airs pour retomber dix mètres plus loin. Au cours de la minute qui a suivi, il a effectué cinq sauts successifs en prenant soin de m'épargner le contact de l'herbe. Quand nous avons enfin touché le sol cimenté, au pied de la muraille, il était à bout de forces, la langue pendante.

— Tu m'as sauvée ! ai-je balbutié en le serrant dans mes bras.

Le kangourou, épuisé, s'est contenté de m'adresser un clin d'œil. Il haletait et tirait une langue de vingt centimètres.

— Je ne ferai pas ça une deuxième fois, a-t-il gémi, je suis trop vieux pour ce genre d'exploit.

Je me suis soudain rappelé que Toddy se trouvait toujours au milieu de la prairie et je me suis relevée pour vérifier qu'il ne lui était pas arrivé malheur. Il était toujours perché sur ses échasses mais semblait avoir de plus en plus de mal à conserver son équilibre.

À l'endroit où j'avais failli tomber, les brins verts se dressaient comme autant de très longues aiguilles scintillant dans la lumière du soleil. Si Kanzo n'était pas intervenu à l'ultime seconde, ces dards m'auraient transpercée, ne me laissant pas la moindre chance d'en sortir vivante.

Dix enjambées plus tard, Toddy a tout de même fini par nous rejoindre.

À cet instant, la porte du château s'est entrebâillée dans notre dos…

# La colonie de vacances ensorcelée

Un vieil homme à barbe grise se tenait sur le seuil.

– Je suis soulagé de constater que vous avez pu survivre au piège de l'herbe-porc-épic, a-t-il lancé en souriant. Je tiens à préciser que je ne suis nullement responsable de ce système de sécurité. Il était là bien avant que nous nous installions dans cette bâtisse abandonnée.

J'ai soudain pris conscience qu'un joyeux vacarme s'élevait de l'intérieur du château. Des cris, des rires, comme dans une cour de récréation. Le bâtiment semblait rempli d'enfants.

– Eh ! me suis-je étonnée. C'est une école ?

L'homme a esquissé une curieuse grimace.

– Non, a-t-il soupiré. Plutôt un refuge pour orphelins. Mais je ne me suis pas présenté. Je me nomme Justinien. Je fais office de surveillant, de responsable. J'essaye d'empêcher les gosses de faire trop de bêtises… et de les protéger contre les dangers de la forêt. Mais entrez, je vous expliquerai tout cela à l'intérieur.

À peine avions-nous franchi le seuil qu'il nous a priés de l'aider à refermer soigneusement la lourde porte.

— Je dois me montrer prudent, a-t-il haleté. Il n'est pas rare que les guerriers d'épines essayent de s'introduire chez nous. Je vous ai observés, tout à l'heure, quand l'un d'eux vous a pris en chasse. Vous avez eu de la chance qu'il fasse chaud. La créature tricotée s'est desséchée rapidement, mais il n'en va pas de même les jours de pluie. Quand l'humidité imprègne l'air, la durée de vie de ces choses s'en trouve décuplée. Elles peuvent alors traverser sans mal la pelouse-porc-épic et grimper le long des murailles.

— Mais pourquoi ? ai-je demandé.

— Pour s'en prendre aux enfants, a murmuré le vieil homme. La forêt nous a déclaré la guerre, elle veut nous détruire... et je suis tout seul pour lutter contre elle. J'espère que vous me prêterez main-forte.

— D'où viennent ces enfants ? a lancé Toddy.

— Ils sont arrivés là par hasard, a marmonné Justinien. L'avion qui les transportait s'est écrasé dans la cour du château. C'est un miracle qu'ils aient survécu. L'appareil avait été loué par une colonie de vacances. La foudre a frappé l'un de ses moteurs et il est tombé comme une pierre. Par chance, il n'a pas explosé en heurtant le sol. Les enfants s'en sont tirés sans une égratignure. J'étais l'un d'eux. Cela se passait il y a soixante ans. Je venais de fêter mon douzième anniversaire.

– Attendez, suis-je intervenue. Si cela s'est passé il y a plus d'un demi-siècle, ils ne peuvent plus être des enfants aujourd'hui !

– C'est là que tu te trompes, ma petite, a fait Justinien avec un sourire empreint de tristesse. Moi, j'ai vieilli, eux non. Ils sont restés tels qu'ils étaient le jour de l'accident.

Je me suis gratté la tête, perplexe. Je commençais à me demander si notre hôte n'était pas un peu dérangé.

– Je vous expliquerai ça plus tard, a-t-il conclu. Pour l'heure, je dois vérifier que tous les accès sont verrouillés. Il se pourrait bien que le temps tourne à l'orage et, s'il se met à pleuvoir, la forêt s'empressera de tricoter une dizaine de guerriers d'épines qu'elle lancera à l'assaut de nos murs.

Nous avons dû lui emboîter le pas dans d'interminables corridors serpentant à l'intérieur de la muraille. De sa main ridée, Justinien s'assurait que les grilles obturant les meurtrières étaient bien scellées.

– Grâce à leurs épines, les bonshommes tricotés par les arbres grimpent facilement le long des murs, a-t-il marmonné. C'est comme s'ils étaient hérissés de centaines de crampons. Je vous laisse imaginer ce qui se passerait s'ils réussissaient à s'emparer de ces pauvres gosses… Mon travail consiste à empêcher cela, mais je commence à me faire vieux. Si vous acceptez de m'aider, vous serez nourris et logés. Je devine que vous êtes des fuyards. Ici, vous serez à l'abri de vos poursuivants. De toute manière, au cours des semaines à venir, la forêt sera inhabitable. La guerre va se généraliser. Vous n'avez pas une chance de survivre à l'extérieur.

– Oui, pourquoi pas ? a capitulé Toddy. Nous sommes épuisés, morts de faim et nous ne savons où aller… Si par ailleurs nous pouvons vous aider à protéger des enfants, c'est d'accord en ce qui me concerne.

– Bien ! s'est exclamé le vieil homme. Dans ce cas, je vais devoir vous mettre au courant des particularités de ce lieu. À l'origine, il s'agissait d'un temple construit par les adorateurs de la forêt. Un temple où l'on vénérait les pouvoirs magiques de la sève qui irrigue chaque plante. Mais les choses ont dérapé… Tout est parti en vrille, comme vous dites, vous les jeunes.

Après avoir longtemps déambulé dans un labyrinthe de galeries, nous avons débouché dans une vaste cour intérieure. L'épave d'un avion s'y trouvait plantée, mais la carcasse tordue était aujourd'hui couverte de peintures criardes et de graffitis, si bien que l'on avait du mal à voir de quoi il s'agissait réellement. Des dizaines d'enfants gambadaient en braillant autour de l'épave, utilisant les ailes comme des toboggans. Ils avaient entre six et dix ans pour la plupart et gesticulaient avec une telle énergie que je me sentais épuisée rien qu'à les observer. Le vacarme dépassait les limites du supportable, car certains d'entre eux frappaient en cadence sur le fuselage avec des bâtons en accompagnant ces percussions de hurlements rythmiques qui faisaient dresser les cheveux sur la tête.

Cette cacophonie avait l'air de les amuser au plus haut point car ils riaient à gorge déployée. L'ambiance générale était celle d'une cour de récréation frappée de folie.

Je me suis bouché les oreilles avec la paume des mains.

– Oui, a dit Justinien, c'est parfois dur à supporter, mais on s'y fait au fil du temps.

– Oui… ou on devient sourd ! ai-je grogné.

Les enfants ne nous prêtaient aucune attention. Occupés à se rouler dans la poussière, à se battre, à se poursuivre, ils avaient tous le même visage rougeaud, ruisselant de sueur.

– C'est comme ça depuis soixante ans, a soupiré le vieil homme avec résignation.

– D'accord, a admis Toddy, mais il faudrait que vous nous expliquiez la raison de ce miracle.

– Oui, vous avez raison. Suivez-moi, je me suis fabriqué une chambre capitonnée de vieux matelas au rez-de-chaussée, ça étouffe les bruits de la cour.

– Vous appelez ça du bruit ? a ricané Kanzo. Moi, j'appelle ça la fin du monde !

Nous l'avons suivi dans son refuge, qui se composait effectivement d'une chambre sans fenêtre et sur les murs de laquelle on avait cloué de vieux matelas. Cela sentait la chaussette sale. L'ameublement se réduisait au strict nécessaire : une table, trois chaises, un lit de camp, une armoire bancale. Nous avons pris place tandis que Justinien disposait sur la table une cruche d'eau ainsi qu'une assiette remplie de minces lambeaux de viande séchée. J'ai soudain compris pourquoi il était si maigre. De toute évidence, il ne mangeait pas à sa faim.

— Vous n'êtes pas vraiment tombés au bon endroit, a-t-il commencé. Ce fortin est assiégé en permanence et je suis l'unique soldat préposé à sa défense. Les enfants et moi n'avons pas choisi de venir ici. Nous sommes les prisonniers d'un miracle.

— Expliquez-vous ! a lancé Toddy qui s'impatientait. Si nous sommes en danger, dites-le clairement afin que nous nous organisions en conséquence.

— Tu as raison, mon garçon, a admis le vieillard. Je suis trop lent, mais c'est parce que j'ai perdu l'habitude de côtoyer des gens comme vous. J'ai un peu peur que vous me preniez pour un fou... Le plus simple serait sans doute que je vous fasse découvrir la source de tous nos problèmes. Allons visiter le réfectoire.

Il s'est levé et nous l'avons suivi. Toutes les portes étaient verrouillées. Il les ouvrait et les refermait systématiquement derrière lui dès que nous en avions franchi le seuil. On se serait cru dans une prison. Je commençais à me sentir mal à l'aise.

Enfin, Justinien nous a fait entrer dans une grande salle aux allures de réfectoire ; ç'aurait pu être une cantine scolaire, à cette différence près que des robinets en or s'alignaient le long des murs. Ils surplombaient une espèce d'interminable abreuvoir, également façonné en or. C'était pour le moins inhabituel.

Notre guide a posé la main sur l'un des robinets et l'a tourné. Un flot verdâtre s'est aussitôt déversé dans l'abreuvoir. Le liquide dégageait un agréable parfum d'herbe fraîchement coupée.

— C'est de la sève, a expliqué le vieil homme. La sève magique de la forêt, et elle accomplit des miracles. Voilà pourquoi on la vénérait jadis.

— D'où sort-elle ? a demandé Toddy.

— Un réseau de canalisations la pompe directement au cœur des arbres séculaires, mais aussi dans la terre, partout où l'on peut la trouver. De puissantes machines installées dans les caves de ce bâtiment y travaillent jour et nuit. Il est impossible d'accéder à cette installation... je le sais, j'ai essayé. De formidables blindages la protègent et nul n'a pu les forcer au cours des siècles.

— Et que faites-vous de cette sève ? ai-je demandé.

— Les enfants s'en nourrissent... Vous devez comprendre comment les choses se sont enchaînées. Quand l'avion qui nous transportait s'est écrasé dans la cour du château, le temple était abandonné depuis longtemps. Il n'y avait aucunes provisions, rien à manger. Les moniteurs de la colo qui nous accompagnaient, et qui avaient survécu à l'accident, ont voulu se mettre en quête de nourriture, mais dès qu'ils ont quitté l'enceinte de la construction, l'herbe-porc-épic les a transpercés... Ils sont morts, nous laissant seuls. Je vous rappelle que la plupart d'entre nous avaient à peine six ans... Avec mes douze années, je faisais figure d'ancien au milieu de cette ribambelle de mioches.

— Vous étiez donc enfermés dans le temple, mourant de faim, et sans aucun espoir d'obtenir du secours... ai-je résumé.

— Oui. Quand l'estomac proteste, on est prêt à dévorer n'importe quoi, vous savez ! Et puis nous avions soif... C'est alors que nous avons découvert les robinets d'or. Nous avions la gorge trop sèche, nous voulions nous désaltérer.

— Alors vous avez bu la sève... a complété Toddy.

— C'était mieux que rien, a soupiré Justinien. Le goût n'était pas désagréable. C'était frais, acidulé... et c'était magique, mais nous l'ignorions encore. En tant que gosses, nous n'avons pas pris conscience des changements qui s'opéraient en nous. Nous n'avions plus soif, plus faim. Notre fatigue s'était envolée, et avec elle la peur, le chagrin, cela nous suffisait. Tout était cool ! Notre isolement nous semblait formidable... l'épave de l'avion s'était changée en un merveilleux terrain de jeux. Nous courions, sautions, hurlions de l'aube à la nuit sans éprouver la moindre lassitude. Une énergie incroyable nous animait. L'énergie de la sève, l'énergie magique de la forêt.

— Quand vous êtes-vous rendu compte que tout cela était bizarre ? ai-je lancé.

– J'étais un peu plus âgé que mes compagnons, j'avais donc davantage de recul. J'ai fini par m'étonner de ne plus avoir faim, de ne dormir qu'une heure par nuit et de me sentir néanmoins en pleine forme. J'ai fait le lien avec la sève, notre unique source de nourriture, mais j'ai réellement compris ce qui se passait le jour où j'ai voulu laver mes vêtements dans l'abreuvoir. Ils étaient sales, déchirés, de vrais haillons, et dès qu'ils ont été trempés dans la sève, ils sont instantanément redevenus neufs. Aussi neufs que si je venais de les acheter. Voilà à quoi sert la sève magique, elle empêche les objets, les plantes, les créatures vivantes de se dégrader ! Elle leur redonne l'éclat du neuf. En ce qui concerne les humains, elle les maintient à l'âge qu'ils avaient le jour où ils ont commencé à en boire. Mes compagnons avaient six-sept ans lorsque nous sommes arrivés ici... ils ont toujours le même âge, et cela depuis soixante ans. Leur esprit n'a pas évolué, les vêtements qu'ils portaient le jour du crash sont toujours neufs. Ces « enfants » ne se rendent pas compte que les années ont passé. Pour la plupart, ils sont persuadés d'être là depuis à peine une semaine. Le temps n'a plus de signification pour eux, ils ne pensent qu'à jouer.

– Mais vous, ai-je souligné, vous n'avez pas suivi le même chemin...

– Non, j'ai rapidement cessé de boire la sève magique. Je ne voulais pas demeurer un enfant toute ma vie. Je me suis organisé pour survivre. En collectant l'eau de pluie dans des toiles imperméables, en piégeant les oiseaux qui se perchent sur les remparts. Certes, il n'y a pas là de quoi faire bombance, mais je ne meurs pas de faim. Les décennies ont succédé aux décennies. Je suis devenu vieux.

— Et qu'en disent vos petits protégés ?

— Rien. Ils s'imaginent que je suis un moniteur, un surveillant… Ils ne se posent pas de questions, vous savez. J'ai longtemps espéré qu'une expédition de secours viendrait nous sortir de ce piège, mais cela ne s'est jamais produit, on nous a oubliés. Nous sommes coincés ici depuis soixante années. L'herbe-porc-épic nous encercle de toutes parts et il est inutile d'envisager de traverser la zone dangereuse sur des échasses, comme vous l'avez fait. J'imagine mal mes petits pensionnaires jouant les équilibristes. D'ailleurs, je pense qu'ils refuseraient de quitter le château… Aujourd'hui, ils ne peuvent plus se passer de la sève. S'ils arrêtaient d'en boire, ils vieilliraient en un clin d'œil. Ils passeraient de six ans à soixante ans en l'espace de quelques heures. Ce serait une épreuve difficile à supporter.

J'ai hoché la tête, sans doute avait-il raison.

— Mais pourquoi la forêt lance-t-elle ses bonshommes d'épines contre vous ? a grogné Toddy. Vous avez dit que les arbres vous faisaient la guerre… Je n'en vois pas la raison. Enfermés entre ces murs, vous ne faites de mal à personne.

— Tu te trompes, mon garçon, a expliqué Justinien. Les enfants consomment des centaines de litres de sève jour après jour, et cela épuise la nature. Tout autour de nous, la forêt commence à mourir. Les arbres s'affaiblissent, leur écorce s'émiette, les feuilles se flétrissent, les branches cassent dès que le vent se lève... Pour eux, qui ont vécu mille ans en bonne santé, c'est intolérable. Depuis que le temple était abandonné, ils étaient tranquilles, notre arrivée a tout bouleversé. Voilà pourquoi ils se sont mis en tête de nous détruire. Quand le château sera de nouveau vide, plus personne n'actionnera les robinets d'or et les arbres cesseront de souffrir. Voilà, vous savez tout.

– Quelle histoire ! s'est exclamé Kanzo. Cela dit, nous pourrions peut-être boire un petit verre de sève, histoire de se remonter, non ?

– Si vous voulez, a concédé Justinien. Mais pas davantage, sinon vous en deviendrez vite esclaves.

– Très peu pour moi, a grondé Toddy, je ne tiens pas à me retrouver en train de jouer au toboggan avec vos marmots !

# La baby-sitter des démons

Trois jours se sont écoulés, m'amenant au bord de l'épuisement nerveux.

Justinien n'avait pas exagéré, les enfants du château ne dormaient qu'une heure par nuit ! Le reste du temps, ils hurlaient, chantaient, se chamaillaient et tentaient d'épuiser la formidable vitalité qui brûlait en eux en poussant des beuglements le long des couloirs. J'avais l'impression de vivre dans une étable, au milieu de veaux endiablés. Jamais je ne les entendais échanger des paroles compréhensibles. Ils communiquaient au moyen de gestes, de coups de poing et de vociférations. Cela mis à part, ils étaient d'une santé de fer, et s'il leur arrivait de se blesser au cours de leurs jeux, les plaies, sous l'influence de la sève, cicatrisaient en dix secondes. Je crois qu'ils auraient pu se taper sur la tête avec des marteaux sans subir le moindre préjudice physique.

Le vacarme qui régnait dans la cour de récréation aurait mis en fuite une harde d'éléphants. Je ne l'affrontais qu'après m'être bouché les oreilles avec des morceaux de bougie malaxée.

Les pensionnaires ne nous prêtaient pas la moindre attention. Seul Kanzo les avait brièvement intéressés, mais le pauvre kangourou avait pris la fuite quand les horribles marmots avaient entrepris de lui tirer la queue... et de grimper sur son dos pour mieux lui pincer les oreilles.

Je me demandais comment Justinien avait réussi à les supporter durant soixante années. Je crois qu'à sa place, j'aurais encore préféré affronter pieds nus l'herbe-porc-épic ! Cet homme était un saint.

Chaque matin, mes compagnons et moi-même buvions une cuillerée de sève pour reprendre des forces, jamais davantage. Les enfants, eux, en avalaient de grands bols. J'avais essayé de les en dissuader, mais ils m'avaient repoussée et presque piétinée.

Ils ne tenaient jamais en place plus de deux minutes et, même assis, continuaient à faire des moulinets avec leurs bras et leurs jambes comme s'ils essayaient de s'envoler.

— Je sais que c'est une épreuve pour vous, m'a déclaré le vieil homme le matin du troisième jour, mais je vous suis reconnaissant de m'aider. Parfois j'envie ces gamins... Je me dis que j'aurais dû les imiter. Aujourd'hui je serais en pleine forme, je n'aurais peur de rien. Enfin, ce qui est fait est fait, n'est-ce pas ?

Une nuit, Justinien est venu me prier de l'aider à couper les cheveux des enfants pendant leur sommeil. C'était en effet l'unique moment où ils demeuraient immobiles.

Armée d'un peigne et d'une paire de ciseaux, j'ai donc suivi le maître des lieux jusqu'au dortoir.

— Nous pouvons parler à voix haute, a-t-il déclaré. Cela ne risque pas de les réveiller. Ils dorment peu, mais quand ils s'abandonnent au sommeil, l'explosion d'une bombe ne pourrait leur faire ouvrir les yeux.

Se penchant sur le premier lit, il a ajouté :

— Leurs cheveux poussent très vite, comme leurs ongles, c'est l'un des effets de la sève. C'est pourquoi il faut les couper, sinon ils se prendraient les pieds dans leur chevelure et leurs ongles deviendraient des griffes. N'ayez pas peur de tailler court !

Nous nous sommes mis à l'ouvrage. N'étant pas très douée, je coupais un peu n'importe comment et le résultat était parfois grotesque. J'ai vite cessé de m'en soucier quand je me suis aperçue que de petites fleurs, genre pâquerettes, se mêlaient aux mèches qui s'entassaient sur le carrelage.

Justinien, voyant ma surprise, a expliqué :

— C'est aussi un effet secondaire de la sève quand on en prend trop longtemps. Des mutations se produisent. Vous verrez également que certains enfants ont des ongles ou des dents en bois... Il y en a deux ou trois qui, en guise de cheveux, n'ont plus que de l'herbe sur la tête... ou de la mousse. Lentement, le végétal s'installe en eux. Il est possible que les prêtres qui officiaient ici il y a mille ans soient devenus des arbres.

La séance de tonte achevée, nous avons balayé le sol avant de quitter le dortoir. Perturbée par ces révélations, j'ai eu du mal à fermer l'œil avant l'aube.

La suite a été plus inquiétante, car Justinien a insisté pour que nous « mettions le château en défense », selon une expression du Moyen Âge. Cela voulait dire vérifier à dix reprises que chaque porte, chaque volet, chaque grille était verrouillée à double tour. Pour finir, mes amis et moi nous sommes postés en sentinelles sur le chemin de ronde pour surveiller les manigances de la forêt. Le vieil homme nous avait prêté une longue-vue cabossée que nous nous repassions à tour de rôle.

— J'ai dans l'idée que les arbres bordant la pelouse-porc-épic ont recommencé à tricoter, a déclaré Kanzo. Je vois beaucoup de buissons-pelotes entassés à leur pied. Leurs branches s'agitent, s'agitent…

Lui ayant emprunté la lunette grossissante, j'ai pu vérifier ses dires et dénombrer une dizaine de guerriers d'épines en cours d'élaboration.

— S'ils continuent à ce rythme, a grogné Toddy, ils vont nous tricoter une véritable armée.

— Quelle est la procédure en cas d'invasion ? a demandé Kanzo. Si, par exemple, les pantins de ronces escaladent les remparts et descendent dans la cour centrale ?

— Justinien a décidé qu'on tiendrait les enfants enfermés à l'intérieur des bâtiments. Aucun d'eux ne devra mettre le nez dehors. C'est pour cette raison que les fenêtres sont équipées de volets et que les portes ont au moins trois serrures.

— Il s'imagine qu'on pourra empêcher les gosses d'aller jouer dans la cour ? s'est exclamé Toddy. Il rêve ! Tu te vois en train d'interdire quelque chose à cette horde de sauvages ? Ils nous piétineront, oui !

— Je sais, ai-je soupiré, ça risque d'être difficile. Il faudrait d'ores et déjà préparer à leur intention des jeux qui peuvent se pratiquer à l'intérieur…

— Comme quoi ? a ricané Kanzo. Défoncer les murs à coups de pied ? Abattre les poutres ? Mettre le feu aux meubles ?

Je lui ai tourné le dos parce qu'il m'agaçait, mais au fond de moi je savais que nous allions au-devant de grosses difficultés. Je me voyais mal en baby-sitter d'une horde de démons.

— Si les pantins d'épines escaladent les remparts, a fait Toddy, on pourrait tenter de les incendier ? Il suffirait de quelques torches… ou encore d'un arc tirant des flèches enflammées…

— Dans tes rêves, compagnon ! s'est esclaffé Kanzo. Si les bonshommes de ronces parviennent à grimper sur les créneaux, c'est qu'ils seront gorgés de sève. Donc ils ne s'enflammeront pas. Pour faire du feu, *il faut du bois sec*.

J'ai levé le nez pour scruter le ciel. Pour le moment il faisait beau et chaud. La forêt, sachant que ses créatures seraient desséchées avant d'avoir parcouru la moitié de la pelouse, ne tenterait rien.

— Ils monteront à l'attaque dès qu'il pleuvra, ai-je murmuré. La pluie les humidifiera pendant qu'ils avanceront. Elle les maintiendra en vie. Et plus l'orage sera important, plus nos agresseurs seront vigoureux.

Je les imaginais sans mal, développant leurs épines jusqu'à leur donner la taille d'un poignard. Que pourrions-nous faire contre de telles créatures ?

— Tu as raison, a approuvé Toddy. À mon avis, le temps va changer. Il fait trop chaud. L'orage couve...

Nous profitions également de notre présence sur les remparts pour relever les pièges que Justinien disposait ici et là. Les oiseaux constituaient l'unique source de nourriture à notre portée. S'il nous fallait affronter un siège, nous serions vite à court de vivres. Bien sûr, nous pourrions toujours nous rabattre sur la sève magique, mais ce serait alors courir le risque de perdre la tête. Je ne souhaitais à aucun prix retomber en enfance.

Comme nous l'avions prévu, il s'est mis à pleuvoir le lendemain matin. La nervosité habituelle de Justinien s'en est trouvée multipliée par dix. Il a couru verrouiller les portes permettant d'accéder à la cour intérieure, puis il a annoncé aux enfants qu'ils ne pourraient jouer dehors en raison des trombes d'eau qui menaçaient de se déverser sur le pays.

Inutile de préciser que les pensionnaires ont fort mal accueilli cette décision. Ils se sont mis à tambouriner sur les portes, puis à galoper en hurlant au long des couloirs, renversant tout sur leur passage.

J'ai dû m'aplatir contre un mur pour éviter d'être piétinée. J'ai vu la horde s'éloigner avec un réel soulagement. Comme le bâtiment était de forme circulaire, j'ai compris qu'ils allaient galoper ainsi toute la journée, tels des coureurs dans un stade, revenant sans cesse sur leurs propres traces, bouclant tour après tour.

— Ne vous souciez pas d'eux, a lancé Justinien. Les issues sont solidement bouclées, ils ne pourront pas mettre le nez dehors. Nous devons concentrer notre vigilance sur les meurtrières. Je sais qu'elles sont équipées de grilles, mais il n'est pas impossible que les guerriers d'épines réussissent à se glisser entre les barreaux. Après tout, ils sont constitués de fibres végétales élastiques et peuvent modifier leurs formes à volonté. J'ai des outils pour parer à cela...

D'un sac de toile, il a tiré quatre sécateurs aux lames affûtées.

— Chacun d'entre nous patrouillera dans un couloir, a-t-il expliqué. Surveillez les fenêtres qui ouvrent sur la forêt et dès que vous verrez la moindre brindille s'insinuer par les mailles d'un grillage, coupez-la en mille morceaux !

Le bâtiment comportait quatre étages, chacun de nous s'est donc vu attribuer la responsabilité d'un niveau. Je n'étais guère enthousiasmée à l'idée de monter la garde seule, mais j'ai décidé de faire contre mauvaise fortune bon cœur.

L'épaisseur des pierres étouffait le tohu-bohu des enfants livrés à eux-mêmes. De toute manière, j'étais si nerveuse que je n'y prêtais plus attention.

Le bruit de la pluie m'emplissait les oreilles. Les rafales cinglaient la muraille avec violence, s'introduisaient par les meurtrières pour mourir en flaques sur le dallage. Les hululements du vent achevaient de rendre l'atmosphère sinistre. J'ai commencé à arpenter le couloir désert, les doigts crispés sur le sécateur qui devait me servir à repousser l'envahisseur. Je n'osais jeter un coup d'œil au-dehors. J'avais peur qu'au moment où je m'approcherais de la meurtrière, une lanière épineuse en jaillisse pour se nouer autour de ma gorge... Justinien avait raison, l'humidité était telle que les pantins de ronces seraient en mesure de monter à l'assaut sans crainte de s'effondrer à mi-course, victimes du dessèchement.

L'orage s'est calmé. La bruine l'a remplacé. Le vent ne hurlait plus. Adossée à la muraille, j'ai tendu l'oreille.

Il ne m'a pas fallu longtemps pour détecter un crissement régulier, comme si l'on grattait la maçonnerie avec une fourchette. J'ai compris qu'il s'agissait des créatures d'épines... elles utilisaient leurs piquants pour escalader le mur d'enceinte : les épines, tels des crampons d'alpiniste, leur permettaient d'assurer leurs prises.

J'ai inspiré un grand coup et me suis postée au milieu du couloir, les cisailles brandies.

J'ai bientôt repéré les premières ronces qui essayaient de s'introduire entre les barreaux. Les guerriers de brindilles se déformaient, s'étiraient, de manière à se glisser par les interstices des grillages. Tricotés en grosses mailles, ils disposaient de suffisamment d'élasticité pour modifier leur physionomie.

Je suis passée à l'attaque, cisaillant tout ce qui dépassait des fenêtres. *Clac ! Clac ! Clac !*

Pendant deux heures, j'ai couru de-ci de-là, hachant menu brindilles, lianes, tiges... Une vraie tondeuse mécanique ! J'essayais de ne pas me laisser impressionner par les monstrueuses silhouettes hérissées d'épines qui se pressaient aux barreaux et tendaient frénétiquement les bras pour essayer de m'attraper.

*Clac ! Clac ! Clac !*

L'air embaumait l'herbe tondue.

Par bonheur, le soleil est sorti des nuages, brûlant, asséchant la végétation, et nos agresseurs ont commencé à jaunir, à perdre leur souplesse au fur et à mesure que leur sève s'évaporait. Finalement, ils sont tombés sur le sol, avec un bruit de vieux fagot.

Nous les avions repoussés, mais l'alerte avait été chaude.

J'étais si épuisée que j'ai dû m'asseoir, le dos contre la muraille, pour reprendre mon souffle. Les lames des cisailles étaient poisseuses.

Un peu plus tard, nous nous sommes retrouvés au rez-de-chaussée et Justinien nous a félicités. Il n'avait pas ménagé sa peine. Les traits creusés, il tenait à peine debout.

— Espérons que le soleil s'installera durablement, a-t-il gémi en guise de conclusion. Car ils reviendront, n'en doutez pas.

Par chance, le temps s'est maintenu au beau fixe toute la semaine. Le soleil brillait avec une telle ardeur que les pierres de la muraille sont devenues brûlantes ; quant à la pelouse magique, elle a viré au jaune paille. Cet épisode caniculaire nous a permis de souffler… et de libérer les enfants qui ont de nouveau pu s'ébattre dans la cour.

Malgré mes efforts, je n'ai pas réussi à établir le moindre dialogue avec eux. Comme je l'ai déjà dit, ils étaient incapables de tenir en place plus de dix secondes, et si on leur prenait la main, ils se dégageaient avec une force surprenante.

— Je ne suis même pas certain qu'ils soient encore capables de parler, a murmuré Toddy un jour que l'un de nos pensionnaires m'avait jetée à terre. À mon avis, ils ont dû oublier le langage humain. Depuis que nous sommes ici, je ne les ai jamais entendus discuter entre eux. Ils ne savent que hurler et se taper dessus.

— La sève a décuplé leur énergie, a confirmé Kanzo, mais elle les a privés de leur humanité.

Le seul point positif, c'était que les arbres dressés de l'autre côté de la pelouse avaient cessé de tricoter leurs guerriers épineux.

— Qu'est-ce qu'on fait ? a demandé le kangourou. On ne peut tout de même pas finir nos jours ici !

— Je sais bien, ai-je répondu, mais j'aurais honte d'abandonner Justinien à ses problèmes. Le pauvre a consacré sa vie à veiller sur ses anciens camarades.

Toddy a grimacé avant de grogner :

— Ce n'est peut-être pas ce qu'il a fait de mieux. En les laissant s'abreuver de sève, il les a transformés en singes incontrôlables. Aujourd'hui il se retrouve coincé dans une impasse. Il ne voudra jamais quitter le château, parce qu'à la seconde même où les gosses cesseront de s'abreuver aux robinets d'or, ils deviendront des vieillards. Justinien n'aura pas le cœur de leur infliger cela.

— Probablement, ai-je admis. Mais comment veux-tu sortir d'ici ? Nous sommes encerclés par l'herbe-épée, et le truc des échasses ne fonctionnera pas une deuxième fois. La pelouse n'est pas si bête.

— Je suis d'accord, a fait Kanzo. Les végétaux qui nous entourent ont de la mémoire. Ils apprennent vite.

À la fin de la semaine, le temps s'est gâté et il a recommencé à pleuvoir. Oh ! rien à voir avec le déluge qui avait présidé à l'attaque des soldats d'épines, mais une bruine persistante qui vous donnait l'impression d'être la cible d'un énorme brumisateur.

— C'est mauvais, a diagnostiqué Justinien, les arbres vont redresser la tête. Il faut s'attendre à un nouvel assaut. Je ne sais quelle forme il prendra. Je vous conseille de rester vigilants. Je vais laisser les enfants jouer dans la cour car je ne me sens pas le courage de les tenir enfermés. Ils finiraient par tout casser. Postez-vous sur les remparts. Au premier signe suspect, donnez l'alarme, je ferai aussitôt rentrer les gosses à l'intérieur du bâtiment.

J'ai failli lui dire qu'il se faisait des illusions, jamais les horribles marmots ne lui obéiraient.

Inquiète, j'ai rejoint mes amis sur le chemin de ronde. La bruine a vite imbibé mes vêtements.

Je me suis approchée des créneaux pour observer la forêt.

– Quelque chose à signaler ? ai-je demandé à Kanzo.

– Je ne sais pas, a-t-il grogné. Je n'aime pas la manière dont les arbres agitent leur feuillage... Tu as vu ? Ils tendent leurs branches vers le ciel comme si... comme s'ils voulaient mouiller leurs feuilles.

Plissant les yeux, j'ai regardé dans la direction indiquée. Effectivement, les arbres avaient l'air d'agiter les bras au-dessus de leur tête... bon, je sais que c'est une comparaison idiote, mais pas tant que ça quand j'y repense.

– Ils font peut-être leur lessive ? a suggéré le kangourou. Ils lavent leur feuillage de toute la poussière qui s'y est accumulée pendant la canicule ?

– Je ne crois pas, ai-je répondu. Tu te rappelles la façon dont les feuilles nous ont giflés à notre entrée dans la forêt ?

– Oui... et alors ?

– Alors il se pourrait bien que les arbres préparent un truc de ce genre. Je ne conserve pas un bon souvenir de ces feuilles qui volaient comme des oiseaux.

– Tu crois qu'elles profitent de la pluie pour se gorger d'énergie, comme des avions qui feraient le plein de carburant ? a lancé Toddy.

– En quelque sorte, oui, ai-je soupiré. Il faut s'attendre à une attaque imminente. Mieux vaudrait donner l'alarme.

– Je descends prévenir Justinien ! a crié Kanzo en s'élançant dans l'escalier.

Hélas, comme je l'avais prévu, le vieil homme n'a pas réussi à se faire obéir de ses petits protégés qui, indifférents à ses supplications, ont continué à se battre et à se rouler dans la boue.

Je n'avais aucune idée de ce qui se préparait mais, en observant ces feuillages bruissants, j'avais la conviction d'assister à la mise en marche d'une armée.

Tout à coup, un vol d'oiseaux a obscurci le ciel. J'ai cru tout d'abord qu'il s'agissait d'un essaim d'étourneaux comme on en voit parfois fondre sur la campagne, si nombreux qu'ils semblent des milliers, et puis... et puis leur manière de voler m'a paru bizarre, et j'ai enfin compris que je ne regardais pas des moineaux *mais des feuilles...* des feuilles détachées des arbres. Des centaines et des centaines de feuilles vertes qui prenaient de l'altitude pour mieux fondre sur nous.

— Elles vont nous attaquer en piqué, comme des avions de chasse ! a hoqueté Kanzo. Elles sont trop nombreuses, impossible de les repousser.

— Il faut descendre des remparts, ai-je balbutié. Nous sommes trop exposés. Elles vont essayer de nous faire tomber des créneaux. Nous nous écraserons alors sur la pelouse magique qui s'empressera de nous transpercer !

Fuyant le danger, nous avons battu en retraite pour chercher refuge à l'intérieur du bâtiment. L'ampleur de l'attaque nous dépassait. Tenter d'y résister aurait relevé du suicide.

Nous avons rejoint Justinien au rez-de-chaussée pour l'aider à faire rentrer les enfants. Hélas, nous avons vite compris que c'était là une tâche impossible car les mioches, entêtés, nous repoussaient chaque fois que nous faisions mine de les empoigner. La sève magique les ayant rendu beaucoup plus forts que nous, ils n'avaient aucun mal à nous échapper pour retourner à leurs jeux imbéciles.

Justinien avait beau les supplier de le suivre, ils ne l'écoutaient pas. Armés de cailloux, ils frappaient en cadence les ailes tordues de l'avion naufragé pour faire le plus de bruit possible. Ce vacarme semblait les ravir, car ils riaient à gorge déployée.

Très vite, l'escadrille des feuilles magiques s'est rassemblée au-dessus de la cour de récréation en décrivant des cercles de plus en plus bas. Soudain, répondant à un signal mystérieux, les feuilles se sont abattues sur les enfants. Elles ne les giflaient pas, non... elles essayaient de les soulever, comme l'auraient fait des centaines de mains volantes.

– Elles veulent les emporter ! a gémi Justinien. Il faut les en empêcher... C'est terrible !

– Pourquoi ? s'est étonné Kanzo.

– Vous ne comprenez donc pas ? s'est impatienté le vieil homme. Elles vont les soulever dans les airs pour les jeter en pâture à la pelouse-porc-épic ! Quand ces pauvres gosses toucheront le sol, les brins d'herbe se changeront en aiguilles pour les transpercer !

Mais oui, bien sûr, me suis-je dit, j'aurais dû y penser plus tôt ! En supprimant les buveurs de sève qui étaient la cause de tous ses malheurs, la forêt espérait retrouver sa vitalité originelle !

Nous nous sommes précipités dans la cour pour secourir les petits pensionnaires dans leur combat contre les feuilles ensorcelées. C'était inutile. Les enfants, gonflés à bloc par l'énergie de la sève, n'avaient nullement besoin de notre aide. Ils se débrouillaient fort bien tout seuls. Leurs capacités musculaires surhumaines leur permettaient de résister à la traction qu'exerçaient sur eux les agresseurs tombés du ciel. Accrochés aux parties métalliques de l'avion, ils paraissaient même trouver la chose amusante. Il fallait les voir décocher des coups de pied et mordre à belles dents les feuilles qui tentaient de les emporter.

L'affrontement a duré une vingtaine de minutes. Trois garçons ont été soulevés à dix mètres au-dessus du sol mais se sont débattus de telle manière qu'ils ont fini par échapper aux griffes des kidnappeurs végétaux.

Puis les feuilles ont commencé à se flétrir et à tomber, les unes après les autres. Je me suis agenouillée pour examiner l'une d'elles. Elle était molle, fanée.

— Il a cessé de pleuvoir, a constaté Toddy en regardant par-dessus mon épaule, du coup leur énergie s'en est trouvée limitée. Par ailleurs, elles n'avaient pas prévu de rencontrer une telle résistance. La forêt a sous-estimé la force des enfants.

Peu à peu, la cour s'est retrouvée jonchée de feuilles mortes. On se serait cru en automne.

Les pensionnaires de Justinien, ayant déjà oublié l'incident, étaient retournés à leurs jeux et se tapaient dessus en riant de plus belle.

— C'est un miracle, a bredouillé le vieil homme. Il s'en est fallu d'un rien…

Bien entendu, la forêt n'entendait pas rester sur une nouvelle défaite. Une semaine s'est écoulée pendant laquelle nous sommes restés aux aguets, convaincus qu'un troisième assaut était imminent.

Nous dormions très mal. La nuit, je me réveillais en sursaut, croyant qu'un guerrier d'épines s'apprêtait à me serrer dans ses bras pour m'écorcher vive. Incapable de me rendormir, je me mettais alors à déambuler le long des couloirs, une torche au poing, pour m'assurer qu'aucune fibre végétale n'essayait de s'introduire par les meurtrières.

J'avais beau réfléchir, je n'entrevoyais aucune solution. La situation me paraissait bloquée. Que nous voulions ou non l'admettre, nous étions prisonniers du château. Je me sentais dans la peau d'une naufragée échouée sur une île déserte encerclée par les requins.

Ces événements avaient beaucoup fatigué Justinien qui s'obstinait à veiller comme un père sur le sommeil de ses insupportables marmots. À ce rythme, sa santé n'allait pas tarder à décliner.

Une nuit que je patrouillais dans le corridor du deuxième étage, j'ai failli le heurter à l'angle d'un mur. Il avançait courbé, les mains dans le dos, son expression trahissant un profond souci.

— Que croyez-vous qu'il va arriver maintenant ? lui ai-je demandé.

— Je m'attends au pire, a-t-il avoué. La forêt est en colère. Elle encaisse mal d'avoir échoué par deux fois. Elle prépare sa prochaine attaque qui, à mon avis, sera plus sournoise que les précédentes.

— Vous pensez qu'elle tricote des dizaines de guerriers d'épines ?

— Non, elle va opter pour une autre stratégie, quelque chose qui nous prendra au dépourvu. Et cela me fait peur.

— Vous n'envisagez pas d'évacuer le château ?

— Impossible, dès que nous poserons le pied hors de l'enceinte, l'herbe-porc-épic nous transpercera. J'ai bien essayé de convaincre les enfants de consommer moins de sève, mais ça n'a pas marché. Ils ne m'écoutent plus, j'ai perdu toute autorité sur eux. Je dirais même que leur consommation de liquide magique ne cesse d'augmenter… ce qui ne fait qu'attiser la colère des arbres qui dépérissent. La situation empire et je crains fort que nous ne connaissions bientôt une fin tragique.

## Les guêpes

Ce sont les bourdonnements qui ont fini par éveiller mon attention. Ils s'accompagnaient d'ombres furtives, que j'entrapercevais du coin de l'œil. Des ombres qui se déplaçaient trop rapidement pour que je puisse les identifier. Il m'a fallu un moment pour comprendre qu'il s'agissait de guêpes...

Plus exactement *d'énormes* guêpes.

Sans exagérer, elles devaient avoir la taille d'un chaton et leurs ailes faisaient autant de bruit qu'une tondeuse à gazon.

Mon premier mouvement a été de courir me cacher, puis j'ai compris qu'elles n'en avaient pas après moi.

— C'est curieux, a fait Toddy. Je pensais qu'elles nous attaqueraient, mais elles ne nous accordent pas la moindre attention.

— Tant mieux ! ai-je soufflé. Tu as vu leurs dards ? De vrais poignards ! Je me demande ce qu'elles veulent... elles tournent, elles virent, comme si elles cherchaient quelqu'un en particulier.

– Peut-être les a-t-on envoyées assassiner Justinien ? a suggéré Kanzo.

J'ai haussé les épaules. C'était idiot, Justinien n'avait jamais bu une goutte de sève magique de toute sa vie !

– Il serait prudent de s'armer, a grogné Toddy. Je me sentirais mieux un solide gourdin à la main. Je n'ai pas envie que l'une de ces guêpes me pique. Leur venin doit être foudroyant.

Nous nous sommes empressés de récupérer de vieux manches de pioche dans un appentis du rez-de-chaussée. Ainsi équipés, nous avons patrouillé dans les couloirs.

Les monstrueux insectes n'avaient aucun mal à se glisser entre les barreaux défendant l'accès des meurtrières. Très vite, ils se sont répandus dans les corridors, où la voûte a amplifié leurs bourdonnements. Quand ils se rapprochaient de nous, nous agitions nos bâtons avec fureur pour les dissuader de nous piquer, mais ils déjouaient nos assauts avec aisance, d'un virage sur l'aile.

Il devenait de plus en plus évident que nous n'étions pas, à leurs yeux, des cibles dignes d'intérêt.

Mon étonnement ne faisait que croître.

Agacé, Toddy a tenté le tout pour le tout et a frappé l'une des guêpes sur la croupe. Il s'est alors passé une chose étrange : la bestiole s'est cabrée et, d'un coup de dard, a poignardé le manche de pioche.

Le choc a été si violent que Toddy a lâché le bout de bois qui a roulé sur le dallage. Contrairement à ce que je craignais, la guêpe a poursuivi son chemin avec dédain sans chercher à punir mon ami.

— Eh ! a lancé Kanzo. Vous avez vu ? Son aiguillon a perforé le bâton aussi facilement que la mèche d'une perceuse électrique !

J'allais ajouter que Toddy l'avait échappé belle quand le manche de pioche s'est soudain mis à onduler sur le sol à la façon d'un serpent !

Vous avez bien lu : *le bâton était devenu vivant.* Nous avons bondi en arrière, mais il n'a pas cherché à nous mordre et s'est faufilé le long d'une plinthe. Le temps que nous reprenions nos esprits, il avait disparu à l'angle du couloir.

— C'est le venin ! a haleté Toddy. Quand la guêpe l'a piqué, elle lui a injecté son poison...

Je me suis agenouillée sur les dalles, là où quelques gouttes de venin subsistaient. J'y ai trempé un doigt. Je connaissais cette odeur.

— Ce n'est pas du poison, ai-je soufflé. *C'est de la sève.* De la sève magique. C'est pour cela que le bâton de bois sec est devenu vivant... comme les guerriers d'épines ou les feuilles volantes. Les guêpes ont reçu pour mission de piquer tout ce qui est en bois à l'intérieur du château.

— Pourquoi ? s'est étonné Kanzo.

— Mais c'est évident ! a hoqueté Toddy. Le bâtiment est rempli de chaises, de bahuts, de tables... si tous ces objets prennent vie, ils vont se liguer contre nous ! Les guêpes vont se débrouiller pour installer l'ennemi dans nos murs. D'ici une heure, nous serons envahis par notre propre mobilier !

— Il faut prévenir Justinien ! ai-je crié. Il saura quoi faire.

Au rez-de-chaussée, le vieil homme essayait désespérément d'éloigner les guêpes en agitant un balai. Il croyait encore que les insectes géants voulaient s'en prendre à ses chers pensionnaires. Je l'ai détrompé en lui racontant l'épisode du manche de pioche devenu serpent. Il a blêmi.

— Je vois ce que c'est, a-t-il soufflé. Tous les meubles et objets en bois qui encombrent le château ont été fabriqués au moyen de planches ordinaires, dans une ville banale. Ils n'ont rien de magique. La forêt ne peut donc les contrôler, elle n'a aucun pouvoir sur eux. En leur injectant de la sève par le biais des guêpes, elle espère les transformer. Ainsi elle pourra les commander à distance, les faire bouger comme des marionnettes. Si cela fonctionne, la moindre chaise va se métamorphoser en pieuvre... et nous attaquer !

— Alors il faut se débarrasser des guêpes !

— Je crains hélas qu'il ne soit déjà trop tard. Elles sont des dizaines à aller et venir à l'intérieur des bâtiments. Elles ont probablement piqué la plupart des meubles !

Je me suis précipitée dans le réfectoire... et j'ai aussitôt mesuré l'ampleur de la catastrophe. Il y avait là vingt longues tables de chêne… et quarante bancs. Si ces meubles s'animaient, ils deviendraient l'équivalent d'immenses chenilles clopinant sur leurs pieds de bois.

M'approchant des meubles, j'en ai examiné la surface. Les traces de piqûres étaient visibles. Il en allait de même sur les buffets où s'empilait la vaisselle.

Affolée, j'ai couru de pièce en pièce. Un spectacle identique m'y attendait. Les guêpes m'avaient précédée, injectant leur poison à l'intérieur des planches.

Kanzo et Toddy m'ont rattrapée. Justinien leur avait expliqué ce qui se passait.

– De combien de temps disposons-nous ? a demandé Toddy. Ces tables, ces buffets sont énormes, ils mettront sans doute longtemps à s'animer. Le danger immédiat viendra des chaises… elles sont petites et leurs quatre pieds feront d'excellents tentacules…

– Exact, a approuvé le kangourou. Je crois aussi qu'elles seront les premières à nous prendre en chasse… *pour nous étrangler.*

– Alors, suis-je intervenue, il faut les enfermer dans une pièce tant qu'elles sont encore inanimées. Et barricader la porte pour qu'elles ne puissent en sortir.

– Oui, a crié Kanzo, super idée ! Au boulot !

L'ennui, voyez-vous, c'est qu'il y avait *énormément* de sièges à l'intérieur du bâtiment. Je me suis rendu compte qu'il fallait déménager en moyenne deux ou trois chaises par pièce. Cela impliquait un nombre considérable d'allers-retours pour les rassembler dans la salle dépourvue de fenêtre où nous avions décidé de les emprisonner.

Au début, les chaises étaient dures, solides entre mes doigts, mais plus le temps passait, plus la consistance du bois se modifiait. J'ai dû me rendre à l'évidence, les chaises devenaient caoutchouteuses. Bientôt leurs pieds commenceraient à s'agiter comme les tentacules d'une pieuvre. Elles seraient alors capables de se déplacer toutes seules... et de se lancer à notre poursuite.

Je transpirais à grosses gouttes.

Kanzo et Toddy ne ménageaient pas leur peine. Peu à peu, la salle se remplissait de sièges frémissants dont les pieds et les dossiers remuaient faiblement.

— Je crois qu'on a fini, a enfin haleté Kanzo. Mais que fait-on pour les bancs et les tables du réfectoire ? Ils sont immenses, beaucoup trop lourds... pareil pour les armoires et les bahuts... On n'arrivera pas à les déplacer d'un centimètre.

— Je pense comme Toddy, ai-je soufflé. Ils sont énormes. Avec un peu de chance, la dose de venin qu'on leur a injectée ne sera pas suffisante pour les animer. Et même s'ils se mettent à bouger, ils seront trop lents pour présenter un quelconque danger. Non, à mon avis, la menace viendra des chaises. Regarde comme elles s'agitent déjà.

— Condamnons cette porte ! a décidé Toddy. J'ai trouvé cette chaîne et ces cadenas dans la réserve à matériel ; ça fera l'affaire.

Nous nous sommes empressés de verrouiller le battant qui, je le précise, était en métal. De cette manière, nous étions certains qu'il ne se ferait pas le complice des chaises-pieuvres en se ramollissant !

Pendant ce temps, Justinien avait à grand-peine rassemblé les enfants dans la salle de jeu du rez-de-chaussée qui comportait un ring de boxe, de nombreux punching-balls, trois trampolines, cinq toboggans, des balançoires, un mur d'escalade, etc.

Ces objets, qui faisaient partie du matériel de la colonie de vacances, avaient été récupérés dans les soutes de l'avion et ne comportaient aucun élément en bois. Une porte d'acier défendait l'accès de la salle. À première vue, nous y serions en sécurité.

– On ne va pas pouvoir rester bouclés là-dedans une éternité, a fait remarquer Kanzo. On va vite mourir de faim et de soif.

– Pas de panique, a répliqué Toddy. Je pense que l'effet de la sève magique ne durera pas... quelques heures tout au plus. Passé ce délai, les chaises-poulpes redeviendront de simples sièges.

Avant de nous replier dans la salle de jeu, nous avons récupéré les provisions du cellier et les jarres d'eau de pluie. Ces maigres réserves ne nous permettraient pas de tenir plus d'une journée. Le problème viendrait des enfants qui, d'ici deux heures, exigeraient leur dose quotidienne de sève magique et, se découvrant dans l'impossibilité d'accéder aux robinets d'or, entreraient dans une terrible colère. Je n'étais pas certaine que Justinien soit capable de les calmer.

Nous nous sommes donc emprisonnés dans la salle de jeu au moyen des chaînes et des cadenas récupérés par Toddy. Les marmots menaient déjà grand tapage et se battaient qui pour accéder au toboggan, qui pour rebondir sur le trampoline.

En dépit de ce vacarme, nous n'avons pas tardé à percevoir les vibrations de coups sourds au travers des murs.

— Ce sont les chaises, a diagnostiqué Toddy. Elles essayent de forcer la porte du réduit où on les a bouclées.

— Elles sont trop molles, a répliqué Kanzo. Pour réussir, il faudrait qu'elles soient plus coriaces.

À ces mots, un déclic s'est fait dans mon esprit.

Si les chaises-poulpes étaient effectivement molles, d'où provenaient les chocs sourds qui ébranlaient la cloison ?

— Oh non ! ai-je gémi. Vous n'avez pas compris ? Les bancs, les tables du réfectoire... *Ils se sont changés en béliers sur pattes !* Ce sont eux qui cognent contre la porte. Ils essayent de l'enfoncer. Ils se sont « réveillés » bien plus tôt que nous l'espérions. Nous nous sommes complètement trompés dans notre estimation.

Oui, c'était cela ! Leurs pieds de bois étant devenus aussi souples que les pattes d'un animal, bancs et tables galopaient en toute liberté au long des couloirs ! Ayant pris suffisamment d'élan, ils heurtaient de plein fouet le battant métallique de la pièce où les chaises-pieuvres étaient retenues prisonnières. Vu leurs poids, c'était comme si dix taureaux furieux s'acharnaient sur la porte. À ce rythme-là, les charnières ne résisteraient pas longtemps.

— Nous n'avions pas pensé à ça, a murmuré Toddy.

— La forêt est astucieuse, a déclaré Justinien. Elle a développé des stratégies complémentaires. Les tables jouent le rôle de chars d'assaut, les chaises, celui de fantassins. Tout a été joliment organisé.

Un bruit de ferraille lui a coupé la parole. La porte de la salle des chaises venait de céder.

— Voilà, a commenté Kanzo. Elles sont libres. Dans une minute, elles se lanceront à notre poursuite.

— Et quand elles nous auront localisés, ai-je complété, les tables-béliers se chargeront de défoncer notre porte.

Personne n'a fait de commentaire mais, d'un même mouvement, nous avons examiné les objets qui nous entouraient pour voir si certains pourraient constituer des armes improvisées.

— On aura du mal à repousser ces maudites chaises, a déclaré Toddy, elles sont trop nombreuses. Notre seul espoir, c'est que l'effet de la sève injectée cesse avant qu'elles n'entrent ici.

Pour nous donner l'illusion de ne pas demeurer inactifs, nous avons démonté l'un des portiques de jeu. Cela nous a permis d'en récupérer les tubes métalliques qui serviraient éventuellement de lances ou de gourdins. Il était important de garder le moral même si la situation semblait désespérée.

Un quart d'heure s'est écoulé avant que nous n'entendions le martèlement cadencé des tables du réfectoire qui s'engageaient dans le couloir. Elles progressaient avec une grâce d'hippopotame, faisant trembler le sol sous leurs pas.

— Nous sommes repérés, a murmuré Toddy. Maintenant elles prennent de l'élan pour enfoncer la porte.

C'est exactement ce qui s'est produit. Le premier choc nous a fait sursauter. Il a été suivi de beaucoup d'autres.

Au début, les assauts semblaient avoir peu d'effet sur la porte d'acier mais, peu à peu, nous avons constaté que les coups répétés descellaient ses charnières. Tout autour des gonds, la maçonnerie s'émiettait, laissant pleuvoir une poussière grise.

J'avais espéré que le pouvoir de la sève s'affaiblirait rapidement, mais le doute commençait à me gagner. Le temps passait et les tables de la cantine ne donnaient aucun signe de fatigue. Elles se relayaient pour frapper la porte. Le battant métallique en était tout cabossé.

— Il va s'effondrer, a prédit Toddy. Reculez !

En fait, la porte n'est pas tombée. Elle s'est en partie arrachée de ses gonds, ce qui a ménagé un espace dans lequel les chaises-poulpes se sont engouffrées.

Molles, elles se propulsaient avec leurs quatre pieds changés en tentacules. Nous avons entrepris de les repousser au moyen des tubes de fer. Ce n'était pas facile car elles étaient caoutchouteuses et adhéraient au carrelage telles d'énormes limaces.

En outre, comme elles étaient devenues flexibles, elles pouvaient aisément se glisser dans l'entrebâillement de la porte. Les coups que nous leur portions les laissaient indifférentes. Quoi de plus normal après tout ! Il ne s'agissait pas d'animaux. Un tabouret a rampé sournoisement dans ma direction et a lancé ses tentacules à l'assaut de mes chevilles. J'ai perdu l'équilibre. Couchée sur le dos, j'ai dû batailler de toutes mes forces pour repousser les pattes molles du siège qui essayaient de se nouer autour de ma gorge. Heureusement, Toddy est intervenu. Saisissant l'étrange méduse par la peau du dos, il l'a rejetée dans le couloir.

Ce combat confus m'a paru durer des heures. Lentement, les chaises-poulpes gagnaient du terrain et envahissaient la salle de jeu sans que les enfants y fassent attention. J'aurais pourtant aimé qu'ils nous prêtent main-forte ! Gonflés de sève comme ils l'étaient, ils auraient pu repousser le mobilier ensorcelé.

J'ai failli mourir étranglée à trois reprises. Sans l'aide de Kanzo et de Toddy, je n'aurais pu échapper à l'étreinte des tentacules qui me ligotaient, me paralysant.

Il est toujours difficile de raconter une bataille, car la répétition des actions devient lassante pour celui qui en lit le récit, mais quand on se trouve immergé au cœur du chaos, on n'a guère le temps de s'ennuyer !

Très vite, les meubles vivants nous ont encerclés. Ils grouillaient, s'emmêlant parfois les tentacules au point de s'étrangler entre eux.

Heureusement, l'effet de la sève touchait à sa fin et, peu à peu, la rigidité s'est emparée de la cohue reptilienne qui se refermait sur nous.

– Courage, a crié Toddy, ils durcissent ! D'ici dix minutes, ils seront de nouveau immobilisés, il faut tenir jusque-là.

Effectivement, les tentacules ont bientôt repris leur apparence ordinaire de pieds de chaise, et l'armée des meubles en folie s'est endormie, paralysée.

Les guêpes avaient disparu. Ne subsistait de cet épisode délirant qu'un grand tas de sièges, de bancs et de tables en vrac qui encombraient les couloirs.

Épuisés, nous avons quitté la salle de jeu.

– Est-ce qu'il ne faudrait pas les brûler pendant qu'ils sont inoffensifs ? a suggéré Kanzo.

– L'idée n'est pas idiote, a renchéri Toddy. Car les guêpes reviendront dès qu'elles auront fait le plein de sève magique.

Justinien a esquissé un geste de lassitude.

– Ce serait courir le risque d'incendier le bâtiment, a-t-il grommelé. Et puis, soyons réalistes, si elles ne trouvent plus de meubles, les guêpes piqueront les planchers... Voyez toutes ces lattes sous vos pieds, imaginez ce qui se passera quand elles s'animeront et que chacune d'entre elles se mettra à ramper comme un serpent !

— Nom d'un boomerang ! a haleté Kanzo. Il y en a des milliers dans tout le château.

— N'oubliez pas les poutres ! a insisté Justinien. Si elles se mettent à bouger elles aussi, les plafonds s'effondreront et nous serons ensevelis sous les décombres.

— D'accord, est intervenu Toddy, mais elles sont énormes, et les guêpes devront leur injecter de grandes quantités de venin.

— Qu'importe ! s'est impatienté le vieil homme. La forêt sait que nous sommes bloqués ici, elle prendra le temps qu'il lui faut pour nous éliminer. Les guêpes multiplieront les allers-retours, et voilà tout.

Instinctivement, j'ai levé la tête pour examiner les poutres qui soutenaient le plafond ; rien que dans cette salle, j'en dénombrais trente !

J'ai essayé de les imaginer se changeant en d'énormes serpents, et la chair de poule m'a hérissé la nuque.

— Nous sommes perdus, a soupiré Justinien. Nous nous sommes battus courageusement, mais c'était inutile. La forêt a gagné.

# La dernière bataille

Les prédictions de Justinien étaient exactes.

Dès le début de l'après-midi les guêpes sont revenues, multipliant les allers et retours entre la forêt et les remparts. Sans s'occuper de nous, elles se glissaient entre les barreaux défendant les fenêtres et s'activaient en bourdonnant au long des corridors, piquant poutres et planchers.

Nous avons bien tenté de les repousser mais elles étaient trop nombreuses. Si l'on insistait, elles nous menaçaient de leurs dards longs comme des poignards, et il nous fallait reculer sous peine d'être transpercés.

De temps en temps, quand les insectes s'éloignaient, j'allais tâter les lattes du parquet pour vérifier leur solidité. Comme elles étaient très épaisses, le poison agissait lentement mais les fibres du bois frémissaient parfois, ce qui n'annonçait rien de bon. La métamorphose était à l'œuvre.

— Le plancher sera le premier à passer à l'attaque, a murmuré Toddy. Les poutres se réveilleront ensuite, et leur mise en branle provoquera l'effondrement du château. C'est couru d'avance... toute la bâtisse va nous dégringoler sur la tête.

Kanzo s'est dandiné d'une patte sur l'autre.

— Écoutez, a-t-il lancé, j'ai peut-être une idée... vous allez me dire qu'elle est dingue, mais fichus pour fichus, autant jouer le tout pour le tout.

— Explique ! ai-je soupiré.

— J'ai beaucoup observé les enfants, ces derniers temps, a-t-il commencé. Et je suis arrivé à la conclusion qu'ils sont indestructibles. Tant qu'ils se gavent de sève, ils guérissent de tout. Je les ai vus se blesser à dix reprises, et chaque fois les plaies cicatrisaient en trois secondes.

— On sait tout ça, s'est impatienté Toddy. Où veux-tu en venir ?

— Je me disais... a repris Kanzo. Je me disais qu'on pourrait peut-être encourager les gosses à se gaver de sève magique à s'en faire éclater la panse, vous voyez le genre ?

— *Et ?* l'ai-je encouragé.

— Je suis à peu près sûr que la sève les transformerait en superhéros l'espace d'un quart d'heure. Je veux dire par là qu'ils seraient momentanément indestructibles... et pourraient traverser la pelouse-porc-épic sans crainte d'être blessés. Cela ne durera pas longtemps, certes, mais suffisamment en tout cas pour qu'ils puissent traverser la zone dangereuse en toute sécurité. Je suis prêt à parier que les piquants ne parviendront pas à leur percer la peau.

— Et en ce qui nous concerne ? a demandé Toddy. Tu veux qu'on boive aussi de la sève ?

— Non, ça n'aurait pas la même efficacité sur notre organisme. Les enfants, eux, s'en nourrissent depuis soixante ans ! Ce sont carrément des mutants, leur corps s'est modifié au fil du temps. Mais nous pourrions nous mêler à eux le temps de la traversée. Je porterais Lina et toi, Toddy, tu te changerais en ours pour transporter Justinien. Normalement, la pelouse ne s'attaque pas aux animaux.

— Pas bête... ai-je murmuré. Mais Justinien acceptera-t-il de tenter l'expérience ?

— Pourquoi refuserait-il ? s'est étonné le kangourou. Qu'a-t-il à perdre ? Dans une dizaine d'heures les lattes du parquet vont nous étrangler et, comme si ce n'était pas assez, le château tout entier s'effondrera sur nos cadavres !

— Ce n'est pas faux, a conclu Toddy. J'espère seulement que je serai capable de me transformer. On verra bien. Allons exposer ton plan à Justinien. J'espère qu'il se laissera convaincre.

Je vous dis tout de suite que la chose n'a pas été facile. Le vieil homme a commencé par pousser des cris de protestation. Il refusait obstinément de faire courir le moindre risque à ses chers petits.

— Pourquoi ? a grondé Toddy. Qu'espérez-vous ? Quand le soleil se lèvera, demain matin, vos bambins adorés seront morts, et nous avec. Vous croyez vraiment qu'ils survivront aux étranglements des lattes devenues serpents ? Vous n'avez qu'à toucher le parquet... il frémit déjà d'impatience. Bientôt, les planches feront sauter les clous qui les maintiennent en place et se mettront à ramper. Cette fois, il ne s'agira pas de repousser une trentaine de chaises en folie, mais bel et bien une armée constituée de centaines de reptiles géants. Vous en croyez-vous capable ?

En dépit de ces arguments irréfutables, Justinien s'est entêté, nous faisant perdre un temps précieux. Je ne sais ce qu'il s'imaginait. Sans doute refusait-il de voir la réalité en face. Il a fallu attendre le début de l'après-midi pour que le spectacle d'une poutre maîtresse en train de frissonner l'amène à revenir sur sa décision.

— Je m'étais donné pour mission de protéger ces enfants, a-t-il murmuré en baissant la tête. L'idée de les exposer au danger me répugne.

— Allons, a grogné Toddy, cessez de vous mentir ! En réalité vous savez qu'une fois sortis du château, vos protégés perdront leurs pouvoirs. L'effet magique de la sève se dissipera et ils commenceront à vieillir. Au bout de quelques heures ils seront comme vous... c'est cela qui vous horrifie.

— Oui, sans doute, a avoué Justinien. Ils sont si heureux, si vivants. J'espérais qu'il en irait toujours ainsi.

— Arrêtez de vous raconter des histoires à dormir debout ! a tempêté Toddy. Ce ne sont plus des enfants depuis longtemps. La sève en a fait des mutants. Ils ne savent même plus parler, ils ne font que s'agiter comme des singes, se battre et hurler. Vous trouvez que c'est une vie ?

Le vieil homme a baissé la tête, penaud. Comme il me faisait de la peine, j'ai jugé bon d'intervenir pour le prier de rassembler les gosses.

– Essayez de leur expliquer ce que nous attendons d'eux, ai-je insisté. Il leur faudra quitter le château en bon ordre, sans se disperser dans la nature, et traverser la pelouse-porc-épic le plus vite possible. C'est compris ?

– Oui… a bégayé Justinien. Ce ne sera pas facile de capter leur attention. Mais peut-être que la perspective d'une excursion hors du manoir les motivera… Après tout, ils n'ont jamais quitté l'enceinte du château.

Je l'ai regardé s'éloigner en traînant les pieds, voûté, tête basse. On sentait qu'il n'y croyait guère.

– C'est à se demander s'il ne préférerait pas mourir sous les ruines avec ses chers pensionnaires, a grommelé Toddy.

– Peut-être, ai-je soupiré. Il a peur de ce qui l'attend au-dehors.

– Il ferait mieux d'avoir peur de ce qui se prépare ici ! a tonné Toddy, décidément de mauvaise humeur.

Comme il le prévoyait, Justinien a eu beaucoup de mal à se faire entendre des enfants. Sa voix se perdait dans le vacarme des rires et des hurlements. Enfin, à force d'insistance, il a réussi à capter leur attention en leur parlant de cette « excursion formidable » qu'il se proposait d'organiser. Les mots « dehors », « dans la forêt », « à l'extérieur » ont fonctionné comme une formule magique sur les marmots de l'ancienne colonie de vacances. D'un seul coup, le silence a succédé au tohu-bohu et tous les regards se sont tournés sur le pauvre homme qui a continué, en balbutiant, à exposer les modalités de la « sortie ».

— Faudrait se dépêcher, ça urge... m'a soufflé Kanzo en désignant le parquet qui, dans un angle de la pièce, ondulait bizarrement.

Des frémissements étranges couraient sous nos pieds, nous donnant l'illusion d'être sur le pont d'un bateau.

Toddy a surgi, essoufflé.

— Je viens des étages supérieurs, a-t-il chuchoté, ça y est... des lattes se sont déclouées, elles se tortillent sur le sol à la recherche d'un escalier. Pour le moment elles ne sont qu'une dizaine, mais d'autres vont suivre.

D'un signe de la main, j'ai fait comprendre à Justinien qu'il convenait d'accélérer la cérémonie. Heureusement, il a rencontré moins de difficulté lorsqu'il a ordonné aux petits monstres de courir se gaver de sève aux robinets d'or.

— Laissons-leur un quart d'heure, a-t-il déclaré en revenant vers nous. Ce sera suffisant pour les gonfler d'énergie. Tenez-vous prêts, car dès que j'ouvrirai la porte du château, ce sera la ruée. Je vais maintenant essayer de leur expliquer qu'ils devront nous porter. Je ne suis pas sûr qu'ils comprennent.

– Laissez tomber, je me chargerai de Lina, a déclaré Kanzo.

– Et moi je vais essayer de me changer en ours et je vous prendrai sur mon dos, a lâché Toddy.

– En ours ? s'est exclamé le vieil homme avec dégoût, vous êtes donc un...

– Un garou, oui. Parfois c'est bien utile. Trêve de bavardage, rassemblez vos copains. Nous vous attendrons près de la grande porte.

J'ai deviné que Toddy cultivait sa colère pour déclencher en lui le processus de transformation ; quand il y parvenait, il ne restait jamais très longtemps sous sa forme animale. Que se passerait-il s'il redevenait humain au beau milieu de la pelouse ? L'herbe-épée le tuerait, tout simplement, et cela me terrifiait.

Tandis que le vieil homme essayait d'organiser ses troupes, j'ai suivi mes amis jusqu'au grand portail. Toddy ne cherchait pas à dissimuler son inquiétude.

– Je ne suis pas sûr que ça fonctionne, a-t-il avoué. L'ours n'est plus aussi présent en moi qu'auparavant, et chacune de ses apparitions m'épuise. Je ne vous l'ai pas dit, mais j'ai eu beaucoup de mal à le faire venir quand nous avons dû traverser la pelouse-épée. À présent, excusez-moi, je dois changer de « vêtements »...

Il s'est isolé derrière un pan de mur. Il faisait toujours ainsi lorsqu'il entreprenait de se métamorphoser, car il avait honte des contorsions grotesques que lui imposait le processus compliqué du changement d'apparence.

Nous l'avons entendu gémir et grogner. J'ai serré les mâchoires, angoissée à l'idée que la transformation ne soit pas stable. Kanzo a posé sa patte sur mon épaule.

– Allez ! a-t-il soufflé. Ça tiendra bien le temps de traverser la pelouse interdite. Ce n'est pas si long. Cent mètres à peine.

Des craquements de plus en plus nombreux nous parvenaient des étages supérieurs.

– Les lattes du parquet se déclouent, a commenté le kangourou. Je crois que le château abrite maintenant un sacré nid de serpents. Ils sont probablement en train de ramper dans les escaliers, en direction du rez-de-chaussée. Il faut que nous soyons sortis d'ici quand ils pointeront leurs vilains museaux.

Je me suis livrée à un rapide calcul mental : si chaque planche se changeait en boa constrictor, nous allions au-devant de sérieux ennuis.

L'ours est enfin sorti de sa cachette. Je l'ai trouvé moins impressionnant qu'avant. Il semblait plus maigre et son poil était terne. De toute évidence, Toddy contrôlait mal sa métamorphose.

C'est le moment qu'a choisi Justinien pour apparaître à la tête de ses troupes. Les enfants se sont aussitôt rués sur l'ours pour lui tirer les poils ou lui donner des coups de pied dans le derrière. Certains ont même ramassé des bâtons pour le frapper.

– Attention, mes petits ! a clamé Justinien. Cette bête pourrait vous faire du mal ! C'est un animal féroce !

– Moins féroce que vos mioches infernaux ! a répliqué Kanzo.

– Ah, comme je regrette de vous avoir écoutés ! s'est lamenté le vieillard. Vous m'avez poussé à mettre les enfants en danger. Cet ours n'a même pas de muselière. Il est horrible et il empeste. Sa fourrure est probablement pleine de poux et de maladies !

Je me suis retenue de le gifler. Il m'exaspérait. Si quelqu'un était en danger, c'était bien Toddy que les affreux marmots harcelaient en ricanant.

– Taisez-vous, vieux fou ! s'est emporté Kanzo. Déverrouillez plutôt la porte que nous puissions échapper à ce piège. Vous ne voyez donc pas que les planches-serpents sont sur vos talons ?

Justinien, en pleurnichant, a tiré une énorme clef de sa poche et l'a glissée dans la serrure du portail. Nous avons dû l'aider à faire pivoter le battant métallique. La rouille grippait les charnières qui protestaient en hurlant.

L'odeur de l'herbe nous a fouetté les narines. Excités par le spectacle de l'extérieur, les enfants ont immédiatement arrêté de harceler Toddy.

J'ai jeté un bref coup d'œil par-dessus mon épaule et j'ai poussé un cri : des dizaines de lattes de parquet vivantes rampaient vers nous. Elles étaient si souples qu'on aurait pu les prendre pour de vrais reptiles. Elles progressaient rapidement.

– On y va ! a ordonné Kanzo. Évacuation immédiate ! Tout le monde dehors, vite ! Courez vers la forêt sans vous éparpiller. Et vous, Justinien, grimpez sur le dos de l'ours... remuez-vous !

– Quoi ? a protesté le vieil homme. Grimper sur cette bête ? Je vais attraper la gale...

– Alors restez ici, a sifflé le kangourou. Je ne vous force pas, c'est vous qui voyez. Vous ferez la causette à vos copains serpents.

Les enfants, eux, se sont rués au-dehors en poussant des hurlements de joie. À peine avaient-ils posé le pied sur la pelouse que l'herbe s'est changée en longues aiguilles pour les transpercer. Heureusement, comme l'avait supposé Kanzo, les marmots, endurcis par la sève magique, étaient invincibles. Les minces épées vertes jaillissant du sol ne pouvaient pénétrer leur peau. Tout au plus les chatouillaient-elles !

Je me suis hissée sur le dos du kangourou tandis que Justinien grimpait avec dégoût sur celui de l'ours. J'ai vu tout de suite que Toddy avait du mal à supporter cette charge.

– Accroche-toi bien, m'a ordonné Kanzo, on y va ! Je vais essayer de traverser la pelouse en une vingtaine de bonds. Jadis, j'aurais pu le faire en cinq, mais mes pouvoirs ne sont plus ce qu'ils étaient.

J'ai obéi. Son pelage jaune me chatouillait le nez, il sentait la vanille.

Il a décollé d'une puissante détente des cuisses, et j'ai cru que mon estomac me remontait dans la gorge. Si j'ai un conseil à vous donner, c'est d'éviter de voyager à dos de kangourou, surtout si vous êtes sujet au mal des transports.

Le reste s'est déroulé dans une grande confusion et j'en garde des souvenirs plutôt vagues, car j'essayais principalement de ne pas vomir.

Bien qu'assaillis de toutes parts par les aiguilles vertes sorties de terre, les enfants ne subissaient que de légères éraflures. Leur peau semblait plus résistante qu'une armure !

Pourquoi Justinien n'y avait-il jamais pensé ?

Vingt bonds, c'est beaucoup. Chaque fois que nous touchions le sol, j'avais l'illusion que mon squelette se déboîtait un peu plus. L'herbe magique ne tentait rien contre le kangourou. L'ours trottinait également sans subir le moindre assaut. J'aurais toutefois aimé que Justinien se fasse plus discret. Au lieu de cela, il s'agitait et s'arrachait les cheveux en hurlant des conseils de prudence à ses chers protégés qui n'en avaient nul besoin. Ce comportement imbécile risquait d'éveiller l'attention de l'herbe magique.

J'avais surtout peur que la transformation de Toddy s'inverse brusquement et qu'il reprenne forme humaine au beau milieu de la pelouse, ce qui l'aurait condamné à mort.

Kanzo a fini par atteindre la lisière de la forêt. Il s'est effondré sous les arbres, à bout de forces, et j'ai roulé sur la mousse, en proie à la nausée.

Les enfants nous ont rejoints. Les blessures sans gravité dont ils étaient couverts cicatrisaient à vue d'œil.

J'ai soudain pris conscience qu'ils ne criaient plus ! Les yeux ronds, ils détaillaient avec stupeur le paysage. C'était la première fois depuis soixante ans qu'ils posaient le pied hors du château.

– Ils se demandent sûrement sur quoi, désormais, ils pourront bien taper pour faire du bruit, a grogné Kanzo. Leur fichu avion va leur manquer !

J'ai pouffé d'un rire nerveux. J'avais les yeux fixés sur l'ours qui boitillait tandis que Justinien l'éperonnait en lui expédiant des coups de talon dans les flancs, pressé qu'il était de rejoindre ses chers petits.

Je n'ai poussé un soupir de soulagement que lorsqu'il est enfin entré dans le sous-bois. Justinien a aussitôt sauté sur le sol pour s'en aller examiner les enfants sous toutes les coutures, afin de s'assurer qu'ils n'étaient pas blessés.

Toddy, lui, est parti se cacher derrière un arbre pour reprendre forme humaine.

Un horrible craquement en provenance du château nous a fait sursauter.

– Les poutres, a murmuré Kanzo, ça y est, elles se détachent. La bâtisse s'effondre.

Effectivement, la tour principale a soudain basculé sur elle-même, puis les remparts se sont émiettés. Privée de soutien, la construction s'affaissait.

– La forêt a gagné, a philosophé le kangourou. Cette fois, plus personne ne pourra boire aux robinets d'or. La sève sera rendue aux arbres. Espérons que cela mettra fin à la guerre.

Nous sommes restés là, à contempler les progrès du désastre, sans un mot. Plus tard, Toddy nous a rejoints. Il était pâle et tremblait de tous ses membres. J'ai compris qu'à l'avenir il faudrait éviter de lui demander de se métamorphoser.

Quand la nuit est tombée, nous avons allumé un feu de camp. Les enfants paraissaient étrangement calmes, comme si les effets de la sève s'estompaient déjà.

Justinien est venu nous demander de l'excuser pour son comportement. Il reconnaissait avoir perdu la tête.

– Je ne sais ce que nous allons devenir, a-t-il gémi en se laissant tomber près du feu. J'avais fini par m'habituer à cette existence. Par tous les dieux ! J'aurais peut-être mieux fait de rester à l'intérieur du château…

J'ai essayé de le consoler car il me faisait de la peine, mais j'ai bien vu qu'il ne m'écoutait pas.

Vous connaissez ma philosophie : la magie, mieux vaut ne jamais y goûter car ensuite on ne peut s'en passer, et l'on va au-devant de sérieuses déconvenues.

# Vers de nouvelles aventures

La nuit s'est bien passée. La forêt n'a pas cherché à nous persécuter et nous n'avons vu surgir ni feuilles volantes ni guerriers d'épines. De toute évidence, la destruction du château avait signé la fin des combats. Désormais, les arbres se désintéressaient de notre présence.

Au matin, j'ai constaté avec stupeur que les enfants de Justinien avaient grandi ! Ils se sont réveillés hagards, mal à l'aise dans leurs vêtements dont les coutures avaient craqué.

– C'était à prévoir, a murmuré Toddy. Les effets de la sève magique s'affaiblissent. Leur âge réel va leur être rendu. Dans une semaine, ils auront tous des têtes de sexagénaires.

Justinien semblait tout particulièrement abattu. Il allait de l'un à l'autre en chuchotant des paroles de réconfort. Ses pensionnaires, eux, demeuraient silencieux, immobiles, comme s'ils émergeaient avec difficulté d'un long sommeil.

Quand il est revenu vers nous, il a soupiré.

– Ils ne se rappellent rien. Leur mémoire s'est arrêtée au moment où l'avion s'est écrasé, il y a plus d'un demi-siècle. Ils se croient toujours des enfants en route pour la colonie de vacances qui doit les accueillir. Je n'ai pas eu le cœur de les détromper.
– Mais ils vont finir par s'en apercevoir ! ai-je objecté. Vous avez vu à quelle vitesse ils grandissent ?
– Oui, j'en suis le premier surpris. Je ne pensais pas que cela serait aussi rapide. J'espérais que les effets de la sève dureraient encore plusieurs mois. De toute façon, c'est mon problème, pas le vôtre. Nos chemins vont se séparer ici. Je vous conseille de vous diriger vers le nord.
– Pourquoi ?
– Une légende prétend qu'en allant dans cette direction, on finit par trouver le royaume des moutons géants.
– Des quoi ? a hoqueté Kanzo.
– Vous avez bien entendu. On raconte que cette terre est occupée par des moutons dont la taille dépasse celle d'un mammouth. Leurs dents sont en acier et ils s'en servent pour dévorer les arbres. Ce sont les seuls vrais adversaires de la forêt des Sortilèges. Ils ne font qu'une bouchée des guerriers d'épines et autres diableries. Pour cette raison, les humains s'installent sur leur dos, dans leur toison. Les moutons n'y voient pas d'objection, car ils sont d'un naturel pacifique. Je vous conseille de marcher dans cette direction. Là-bas

vous serez à l'abri des caprices de la forêt qui, tôt ou tard, recommencera à vous persécuter.

Comme vous l'imaginez, nous lui avons posé mille questions sur ces curieux animaux, mais il ne savait rien de plus que ce qu'il venait de nous révéler.

— Pourquoi pas ? a lâché Kanzo. Nous n'avons aucun but précis hormis celui d'échapper au Traqueur attaché à nos pas.

— Et qui finira bien par nous retrouver, a complété Toddy.

— J'allais justement évoquer ce problème, ai-je lancé. C'est sûr qu'il ne restera pas éternellement embusqué aux portes de la ville invisible. Tôt ou tard il flairera la supercherie et se lancera à nos trousses. D'ailleurs, il se pourrait bien qu'Alzadorak se fasse un plaisir de le renseigner, pour se venger.

— Ce n'est pas à exclure, a conclu Toddy. Bien, c'est décidé, allons nous installer chez les moutons.

Justinien a pris congé une heure plus tard. Il s'en allait, à la tête de sa troupe d'adolescents ébahis et silencieux aux vêtements de plus en plus courts.

— J'ai entendu parler du vent-sorcier qui remodèle les visages, nous a-t-il confié. On dit que plus il vous rend laid, plus l'on éprouve de joie. C'est exactement ce qu'il nous faut, une vieillesse heureuse. Nous allons nous installer là-bas. De cette manière, mes compagnons d'infortune ne sombreront pas dans le désespoir quand leur âge véritable leur sera rendu.

— C'est sans doute la seule solution, ai-je murmuré la gorge serrée. Je vais vous indiquer la direction. Ce n'est pas tout près...

Sur un lambeau de tissu j'ai dessiné une carte approximative. Justinien l'a empochée, m'a embrassée sur les deux joues et est parti sans se retourner.

— C'est triste, ai-je bredouillé tandis que Toddy posait son bras sur mes épaules.

— Mme Herza sera contente d'avoir de nouveaux voisins, a-t-il affirmé. Et c'est vrai qu'ils avaient tous l'air parfaitement heureux, là-bas.

Nous avons pris la direction du nord. Pour l'instant, la forêt était paisible, mais je ne nourrissais aucune illusion, cela ne durerait pas. Tôt ou tard la végétation sortirait de sa torpeur et déciderait, une fois de plus, que nous étions d'intolérables intrus dont il convenait de se débarrasser.

Durant les trois jours qui ont suivi, nous avons progressé en ligne droite, en essayant de nous faire oublier. L'astuce consistait à ne casser aucune branche, à piétiner l'herbe le moins possible ; bref, à éviter tout ce qui aurait pu provoquer l'éveil brutal de la forêt... et sa mauvaise humeur.

Chaque fois qu'une trouée dans la canopée permettait d'entrevoir l'horizon, je scrutais les alentours dans l'espoir de voir enfin apparaître les fameux moutons géants sur le dos desquels nous pourrions trouver refuge.

Je commençais à désespérer quand, à l'aube du cinquième jour, nous nous sommes enfin trouvés nez à nez avec le troupeau fabuleux.

# Bêêêêêê

Justinien avait sous-estimé la taille des moutons en la comparant à celle des mammouths de la préhistoire. Il aurait été plus près de la réalité en évoquant les dinosaures ! En effet, chaque animal était plus grand qu'une maison de six étages, et son dos, assez large pour que des humains puissent y construire des cabanes.

La première fois que nous les avons aperçus, le souffle nous a manqué. Un instant, nous avons failli céder à la panique et prendre la fuite sans demander notre reste. Mais les moutons nous ont regardés avec calme, sans manifester la moindre curiosité. Leurs dents d'acier scintillaient au soleil et je dois avouer qu'elles étaient effrayantes. Ils s'en servaient pour décapiter les arbres, dont ils mâchonnaient longuement le feuillage. La taille fantastique de ces animaux rendait, par comparaison, les dangers de la forêt moins inquiétants.

Le troupeau était constitué d'une demi-douzaine de spécimens, mais c'était amplement suffisant pour occuper l'étendue de la plaine. Le vent charriait une odeur de laine sale et de suint qui n'avait rien d'agréable ; je l'ai cependant jugée préférable au parfum de sève des guerriers d'épines, si vous voyez ce que je veux dire...

Ne sachant quel comportement adopter, nous sommes restés plantés à la lisière de la plaine, l'œil arrondi de stupéfaction tandis que les monstres laineux ruminaient tranquillement.

Au bout d'un moment, j'ai pris conscience que l'on nous appelait. Levant le nez, j'ai aperçu un garçon qui, dressé sur le dos d'un mouton, nous adressait des signes.

— Venez ! criait-il. Qu'est-ce que vous attendez ? Grimpez le long d'une patte en vous accrochant à la laine, c'est facile.

— Allons-y, a marmonné Toddy avec résignation. Après tout, nous sommes venus pour ça, non ?

Nous nous sommes prudemment approchés de la patte arrière droite de l'une des bêtes. Vue de près, elle avait la taille de ces piliers qui soutiennent les ponts. Rassemblant mon courage, j'ai empoigné deux touffes de pelage et j'ai entrepris de m'élever le long de la cuisse du mouton géant. L'odeur prenait à la gorge, et la laine était si grasse que mes doigts avaient du mal à assurer leur prise.

Quand je suis arrivée au sommet, le garçon inconnu m'a tendu la main pour m'aider à prendre pied sur le dos de l'animal. C'était comme de s'enfoncer dans une moquette dont les poils vous monteraient jusqu'aux genoux.

— Salut, a-t-il lancé, je m'appelle Jonas. Je vis ici avec mes frères et ma sœur. C'est nous qui avons construit ces cabanes. Ne crains rien, elles sont bien accrochées dans la toison du mouton, elles ne risquent pas de basculer dans le vide.

— Vous êtes là depuis longtemps ? ai-je demandé.

— Trois ans. Les moutons tolèrent notre présence pourvu que nous leur rendions de petits services. Celui qui nous porte se nomme Albuzar, c'est le chef du troupeau.

Jonas s'est interrompu car Toddy et Kanzo nous avaient rejoints. J'ai fait les présentations.

— Ici, a repris notre guide, vous n'aurez rien à craindre des maléfices de la forêt. Les moutons ne font qu'une bouchée des arbres. Ils nous protègent des dangers de la végétation ensorcelée. On est très bien sur leur dos. L'hiver, il suffit de se blottir dans leur laine et l'on n'a plus froid. Vous verrez, c'est super !

— Pour l'instant, je trouve surtout que ça démange ! a grogné Toddy qui, effectivement, se grattait furieusement les fesses.

Jonas a haussé les épaules et déclaré :

— On s'y fait, ça passe avec l'habitude. Venez, je vais vous présenter aux autres occupants.

Nous lui avons emboîté le pas, ce qui n'était guère facile car la laine était crépue et serrée.

Le village se composait de huttes légères de bambous tressés.

*C'est donc là que nous allons vivre à présent...* ai-je pensé. J'ai porté mon regard tout autour de moi, sur le toit immense de la forêt qui courait jusqu'à la ligne d'horizon, et j'ai gonflé mes poumons. Naïvement, je me suis dit que nous venions de tourner la page. Je me trompais lourdement.

Bon, voilà... je n'ai plus d'encre et plus assez de pages pour continuer à écrire. La deuxième partie de ce journal intime se terminera donc ici.

Pendant quelques jours, nous nous sommes bercés de l'illusion que nous entamions une nouvelle vie. C'était une erreur monumentale.

D'autres aventures nous attendaient, que je vous raconterai bientôt.

Bisous,<br>votre Lina

Pour suivre l'actualité des aventures de Lina,
ou poser des questions à l'auteur, consulte le site :
**http://brussolo.jeunesse.pagesperso-orange.fr**

D'autres envies de lecture ?

Rejoignez-nous sur :

**facebook**

**f** Michel Lafon Jeunesse

et

**twitter**

@ Serial Lecteur

Concours • exclus • news

**Direction d'ouvrage :**
Dorothy Aubert, Clara Féquant

*Composé par Nord Compo Multimédia*
*7, rue de Fives, 59650 Villeneuve-d'Ascq*

*IMPRIM'VERT®*  **PEFC** 10-31-1510

*Imprimé en France*
par Corlet Imprimeur
14110 Condé-sur-Noireau
Dépôt légal : octobre 2013
N° d'imprimeur : 157032
ISBN : 978-2-7499-1981-2
**LAF** 1693B